COLLECTION SÉRIE NOIRE

Créée par Marcel Duhamel

JEAN-BERNARD POUY

MA ZAD

nrf

GALLIMARD

Suivez l'actualité de la Série Noire sur les réseaux sociaux :
https://www.facebook.com/gallimard.serie.noire
https://twitter.com/La_Serie_Noire

Aux zones humides

1

Emballez c'est pesé.

Le 16, victoire (passagère).
Le 17, triomphe (aviné).
Le 18, la paix (revenue).
Le 19, la baston (à nouveau).
Le 21, l'incendie (salauds!).

La vie sans cesse recommencée.

Le 16, le tribunal de grande instance a statué. Le projet de la plateforme multimodale de Zavenghem est, en l'état, annulé ainsi que, pour vice de forme, l'enquête d'utilité publique, plombée par trop de manques et de mensonges (euphémisme...). *Yarglaaa!*

Dans la foulée, le 16 également, le tribunal administratif, sous la pression des plaintes déposées par de nombreuses associations locales mais aussi nationales, donne trois ans aux initiateurs et prestataires du projet, et notamment la société de BTP Valter & Frères, qui a le marché en main, pour reformuler la présentation de leurs dossiers.

On verra bien…

Toujours dans la foulée (trébuchante), le préfet déclare que l'occupation, par les opposants, des terrains municipaux et domaniaux où était prévu le projet est désormais totalement illégale, car sans objet, même illégal, et contraire notamment aux règles de l'état d'urgence (ça, c'est nouveau).

Là, ça craint.

Mais, quand même.

On a gagné ! Les doigts dans le nez !

Le 17, fête à tout casser sur le site. *Houba, houba !*

Au moins deux cent cinquante gusses hilares. Drapeaux et calicots accrochés aux cabanes. Une fanfare suffisamment approximative, comme toute fanfare se doit de l'être. Personne n'a prévu de compter le nombre de cubis (*cubi or not cubi*), mais tout le monde est vite tombé d'accord pour continuer le combat et toujours protéger les trois agriculteurs sur place, promis la veille à l'expulsion, et qui semblent aujourd'hui être en plein rêve de survie.

De nos jours, la survie, c'est important.

Sans parler de l'avenir sinistre de nos amis des zones humides, dont notre chérie, la *salamandra salamandra*, amphibien urodèle de la famille des *salamandridae*, espèce protégée qui aurait morflé un maximum sous les millions de tonnes de béton et de goudron prévus. N'oublions pas un petit crapaud mignon comme tout, couvert de caviar blanchâtre, l'*alyte accoucheur*.

Et les milliards de canards de passage.

Une ambiance très carnaval. Je m'étais souvenu, tout à coup, d'un soir de février, à Dunkerque, juste après le rigodon. Accoudé au bar, juste en face de moi, un type cassé. Assez âgé, la barbe bleue, un joli chapeau de cousette en velours écarlate, un corsage transparent très jeune fille sous une veste grand couturier brodée de mille perles, il regardait, hébété, sa pinte de bière à moitié bue. Moi, selon le rite : « Bonjour Cousin ! » Il m'avait répondu : « Bonjour Cousine ! » Donc, lui payer un autre demi. Refus. Il était plein au sens propre du terme, de fatigue, de bière, de joie. Il m'avait salué en se dirigeant vers la porte du bistrot, traversant la salle emplie de carnavaleux épuisés. Le voir alors en entier. Un tutu rose, des bas troués accrochés à des porte-jarretelles masquant à peine de bonnes grosses cuisses violacées et d'antiques chaussures de ski. Je n'avais jamais rencontré, de ma vie, quelqu'un d'aussi digne et élégant. Il était sorti dans un silence respectueux.

Religieux, presque.

Le 18, ostensiblement (il y a forcément des espions parmi nous, autrement dit : le message passera sans que l'on utilise les rézosocios), les derniers guerriers apparemment affiliés au Black Bloc, une bonne trentaine, se barrent (direction l'Allemagne ?). Rendez-vous, sans doute, dans deux ans, si tout se fige comme de la mauvaise graisse et si aucun des belligérants ne jette l'éponge. Rien ne se perd, tout se crée. Certains d'entre nous, avouons-le, étaient soulagés de les voir partir, d'autres déclarèrent qu'à présent tout le monde se retrouvait un peu à poil.

Ça n'a pas traîné.

Le 19, les flics attaquent à l'aube. Quatre compagnies de CRS et plusieurs engins de déblaiement dont deux scrapers et trois bulldozers, ambiance *Mad Max* 3D. Trois heures de pandémonium. Impuissance. Fumées de lacrymos (c'est fou ce qu'on peut pleurer même si l'on n'est pas triste). Tirs de grenades soufflantes. Odeur de défaite. Violence imprévue et incompréhensible. Hurlements. Douleur. Du sang. Des jeunes femmes allongées à la matraque. Des cabanes pulvérisées par des engins monstrueux. Impuissance totale. Vingt blessés (sept parmi les forces de l'ordre), cinquante-deux arrestations.

Dont bibi.

On a perdu, les doigts dans le.

Je me souviendrai longtemps de l'interrogatoire flicard. Être obligé de passer ce bac tardif avant d'être relâché (avec une possible convocation plus tard), si ça ne forge pas le caractère, ça bousille les derniers neurones qui croient encore au progrès et au futur. Avec les yeux qui suintent encore.

— Vous vous appelez Camille Destroit.

— Exact.

— Vous habitez au lieu-dit « les Meurthes », à

— Bien vu.

— Je vous conseille fermement d'abandonner ce ton… Vous êtes propriétaire ?

— Oui. Héritage. Mes parents, mes pauvres parents, se sont viandés sur la nationale en allant à Saint-Omer. Pour la chasse aux canards. Ils se sont fait tirer par une camionnette de marque allemande, immatriculée 93. Ils étaient en tort.

— Je vous en prie…

— Il y a quatre ans maintenant. Quatre ans de gaz.

— Ce n'est pas ce que je

— Pourtant. Je suis fils unique. Doublement unique puisque ma femme s'est barrée il y a deux ans, elle ne supportait pas la campagne… Les cris d'épectase des crapauds la rendaient zinzin, elle voulait aller à la ville, la grande ville, en ce moment, elle est à Calais, rendez-vous compte…

— Bon.

Le flic semblait déjà épuisé.

— Vous travaillez pour la société Triangle, propriétaire de plusieurs hypermarchés Écobioplus en France, vous êtes, en ce moment, je vais vite, responsable des achats frais, à l'hyper de Cassel.

— Frais, c'est ça.

— Vous avez été interpellé, le 19, à vingt-deux heures quarante, lors de l'évacuation légale du site de Zavenghem, tentant d'embarquer des manifestants illégaux dans votre véhicule professionnel.

— Ce n'est pas mon véhicule de boulot. C'était celui de mon père. Il travaillait à Toyota… avant d'être aplati par une Mercedes.

Une vraie tranche de vie. Je ne suis pas le plus malheureux des zommes. Kouake. Mes parents, je les regrette encore, m'ont toujours foutu la paix, et ont entretenu, je m'en rends compte à présent, mon quota d'énervement permanent. Ils n'ont même pas protesté quand j'ai décidé d'abandonner mes sublimes études de lettres et d'histoire de l'art. J'étais en train d'écrire un DEA sur les objets paradoxaux en peinture, *L'Asperge* et *Le Citron* de Manet, *Les Pantoufles* de Van Hoogstraten, *Le Chardonneret* de Fabritius, tout ça... Jusqu'au moment où j'ai trouvé que l'objet paradoxal, l'objet unique, c'était moi, c'était ma vie, et qu'il ne fallait pas que je passe à côté. Mon père a simplement réorganisé sa bibliothèque, pour que je trouve plus facilement les bouquins qu'il jugeait essentiels pour ma vie future.

Lors de leur fatal emplafonnage, ils m'ont laissé leur grosse maison, en pleine campagne, en bord de départementale, une ancienne ferme de plan romain, comme on en voit beaucoup du côté de Cambrai, avec quelques hectares tout autour. J'ai vite vendu ces terres agricoles, la SAFER se montrait friande, je ne me voyais pas en betteravier, mais j'ai gardé un peu de terrain (avec de l'herbe drue) attenant à la ferme, et un vaste hangar où j'entasse le matos. Essentiellement des palettes. À force, les hypers ne savent pas quoi en faire. Celles que je ne prends pas sont brûlées. C'est fou ce qu'on peut faire avec ce matériau, on pourrait même reconstruire fastoche les Twin Towers. Et aussi plein de petit matériel destiné à la poubelle, voire à la déchetterie, fils électriques, étagères en métal, caisses de rangement, luminaires dépareillés, petit mobilier honteux genre chaises à trois pattes, etc.

— Quels sont vos rapports avec tous ces contrevenants ?
— Contrevenants ?
— Ouais. Les chevelus qui campaient sur le site et qui se chauffaient au cocktail Molotov.
— Je les approvisionnais en produits agricoles frais. Il faut au moins manger cinq fruits ou légumes par jour.
— Sans blague.
— Sans déc'.
— Gratos ?
— Un coup sur deux. Ça dépendait.
— Ça dépendait de quoi ?
— Si je les avais eus gratuits ou non.
— C'est-à-dire si vous les aviez volés sur votre lieu de travail ?
— Vous avez des preuves ?

Le type ressemblait de plus en plus à un volcan éteint et glacé mais avec, à l'intérieur, une caldera à un million de degrés.

En tant que « responsable produits frais », j'avais des contacts avec toutes les épiceries solidaires de la région, et tous ces petits agriculteurs, poussant comme des champignons à l'automne, qui cultivaient naturel, bio, perso, les reins en compote, en désamour avec les pesticides et les engrais chimiques, attention, hein, pas des fondus qui, le matin, parlaient aux légumes pour qu'ils poussent mieux, ou leur chantaient du Bob Dylan pour les faire rougir, non, mais des types qui se souvenaient tout simplement des méthodes de pépé et mémé.

— C'est aussi vous qui leur ameniez ces palettes avec lesquelles ils montent des barricades…

— Et de merveilleuses cabanes…

— C'est vous qui, pour l'instant, êtes en cabane…

— Bravo. Elle est excellente.

— Je vous remercie… Vous vous êtes, même si l'on ne vous reproche aucune voie de fait envers les forces de l'ordre, mis en délicatesse avec la loi…

— Quelles forces de l'ordre ? L'ordre, c'est nous, le calme, c'est nous. La volupté, c'est encore nous. En plus, les terrains sont presque tous à nous. On ne vole personne, c'est l'État, la Région, le capitalisme aveugle et dégénéré qui nous spolient.

— Je vous en prie. Pas avec moi… Vous savez pertinemment que vous avez donc côtoyé des activistes, notamment, d'après nos renseignements, des terroristes du Black Bloc.

— Du quoi ?

— Allez, faites le con, en plus…

Pour une fois, il avait raison. Je faisais le con. L'ambiance avait vraiment changé, sur le site, quand tous ces mecs avaient déboulé. Une quarantaine, venus d'ailleurs, mystérieux, habillés de noir et de tee-shirts « Metallica ». Mais très sympas, même s'ils nous prenaient un peu pour des Bisounours. On était passé, d'un coup d'un seul, de la manif neuneu, avec les enfants dans les poussettes et des chants à la Maxime Le Forestier, à une brigade de résistance à la Maurice Druon (c'est une blague). Hérissée et dangereuse. Levez-vous, saboteurs ! Ces types, qui n'avaient peur de rien, que certains d'entre nous présentaient comme des anarchistes, étaient pourtant très organisés, compétents, et surtout pas pique-assiette. Ils étaient autonomes et globalement respectueux. Une petite armée de l'ombre.

— Alors ? Le Bloc ? Ou équivalent ? Par exemple, on nous a signalé aussi des militants de No Border, non ?

— No quoi ?

— No Border. À bas les frontières, si vous préférez.

— Je n'en sais rien. Vraiment. On... C'est qui, on ?

— Et si jamais vous en saviez quelque chose ?

— Je ne vous le dirais pas.

Le flic a respiré un grand coup. La vache, il avait des poumons vastes comme le palais des Sports. Il a décidé de changer brutalement de sujet.

— Et pour le curé, vous êtes témoin ?

— Le curé ? Quel curé ?

— L'abbé Honnet, le père, le moine, je sais plus... Il affirme que c'est un CRS qui lui a pété la jambe à la matraque...

— S'il l'affirme... Un ecclésiastique ne ment pas, c'est un péché.

Là, à sa tête, j'ai senti qu'il allait me balancer une vanne pourrie.

— N'importe comment, ce n'est pas très grave, ça ne fait rien de perdre un tibia, puisque vous avez trois péronés.

— Comment ça ?

— Ben oui… Trois péronés.

— Je vois pas.

— Les deux os et le père Honnet. Ça ne vous fait pas rire ?

— Pour que je me marre et pour vous éviter la honte, encore aurait-il fallu que je comprisse…

Il m'a alors observé longtemps. Poisson froid.

Et a vérifié sa fiche, en comptant sur ses doigts.

— Vous avez quarante-quatre ans. Sincèrement, ce n'est plus de votre âge, ces conneries… Va falloir vous calmer et vous comporter comme un citoyen…

— Comme un quoi ?

— Bon. D'accord… Vous restez en garde à vue. Demain matin, on décidera quoi faire de vous.

— La guillotine ?

— Pauvre con.

— Je ne vous permets pas.

— Vous n'êtes pas dans la position de permettre ou pas…

Le lendemain, vers dix heures, ils m'ont fait sortir.

Le petit soleil rasant du matin à la sortie de taule, même si ce n'était qu'un commissariat, ce n'est pas un cliché de série télé. Dans ces cas-là, le soleil est toujours petit, timide et rasant. En plus, jaune citron. Glacial. Une toile de Feito. En moins chaud.

En fait, ils n'avaient pas grand-chose à me reprocher. Mais ils m'ont conseillé de me tenir en permanence à la disposition de la Justice, car, dans un mois, peut-être deux, il y aurait une décision officielle.

Définitive, je n'espérais pas trop.

J'ai foncé sur le site.

Revoir les amis.

Replonger dans la vie, la vraie.

Celle régie par une seule valeur : l'espoir. L'espoir à lavement, aurait dit le flic.

Sur place, dans un joyeux bordel, tout se réorganisait malgré la tristesse et le désarroi dus à la douche froide et aux diverses blessures physiques et d'amour-propre. Le plus pénible, c'est qu'il y avait, maintenant, beaucoup plus de journalistes qu'avant.

Pas moyen de rester sur la ZAD, les cognes y avaient poussé comme chardons. Le Comité avait déjà décidé de replier les forces restantes sur les trois fermes encore menacées (personne n'était dupe), envisageant plus ou moins de les transformer en châteaux forts modernes aussi imprenables que le Centre Pompidou.

Du coup, on avait encore besoin de moi.

Il y aurait désormais, en plus des proprios, une vingtaine de militants par ferme, décidés à continuer le combat, aussi vigilants que des renards paniqués dans la campagne britannique. Nos avocats, remontés comme des comtoises, nous ont assuré qu'ils reprenaient les dossiers, les réactivaient, restant aussi combatifs que des blaireaux cernés par d'autres blaireaux, eux en treillis.

La métaphore animale, c'est très pratique.

C'est là que j'ai appris que nos compagnons coxés par les bleus avaient été, comme moi, libérés, sauf quatre d'entre eux, pour violences aggravées, mis en examen. Nos baveux étaient déjà sur le coup et demeuraient confiants. Quant aux blessés, la plupart étaient sortis de l'hosto.

Bref, j'ai passé ma journée sur ma nouvelle base, la bâtisse encore intacte de M. et Mme Bournard, la plus proche du canal.

Même si tout le monde tirait la gueule, on a, un petit peu, par habitude, par santé mentale, refait le monde.

Et barricadé la grande porte donnant accès aux bâtiments.

Le soir, le 20, en rentrant chez moi, dans ma cour de ferme, il y avait trois camions de pompiers et un véhicule de police. Et une furieuse odeur de merguez au pneu dans l'air.

À la place de mon hangar, un gros tas de cendres rougeoyantes, encore vaguement arrosées par les soldats du feu. Les murs de la ferme, exposés au sud-ouest, étaient noircis par l'incendie, mais le feu ne s'était apparemment pas communiqué à la maison principale.

Le pomplard en chef m'a expliqué que c'était le voisin, il crèche à cinq cents mètres, vers le canal, qui les avait prévenus. Trop tard. Impossible d'arrêter un brasier alimenté par ces tonnes de bois et de merdes dépareillées. J'ai pensé à ces trois cents palettes parties en fumée comme par hasard, un hasard qui faisait bien les choses…

— Incendie criminel ? j'ai osé.

— Ça va être dur à déterminer… Trouver un départ de feu dans ce brasier, ça va être coton. Tout ce qu'il y avait là était puissamment inflammable, bois, plastique, polystyrène. Un court-jus suffit.

— Y avait pas l'électricité dans le hangar.

Il m'a toisé sans répondre. Alors, j'ai enfoncé le clou :

— Le ciel était dégagé, magnifique. Pas d'orage. Pas de cette maléfique foudre qui vous cueille à l'improviste. Et, tout autour, pas de cités à problèmes, pas de cacous, le Zippo à la main…

J'ai observé les trois policiers commis d'office qui s'ennuyaient à fond, ils n'avaient pas fait trente-cinq ans d'études pour s'occuper de malencontreux accidents de barbecue.

— Pour la plainte, c'est forcément contre X ?

— Vous pouvez toujours. On est en république.

Tout ça entre ses dents. Il me regardait comme s'il contemplait la merde séchée d'une hyène de passage.

Le lendemain, arrivant au boulot à l'Écobioplus, mes RTT étant épuisées, le sous-directeur était là, à l'entrée du personnel, hiératique, froid comme un hareng, une espèce de marionnette gelée se dandinant. Ses cheveux voletaient, à la Verlaine, dans le petit vent mauvais, et il avait oublié de mettre sa cravate sang et or. Manifestement, il m'attendait depuis un bon moment…

Pour me signifier que j'étais licencié sec.

Moi, j'ai compris : « à sec ».

Motif : dans sa glorieuse entreprise, pas de « responsable secteur » qui a des ennuis avec la Justice. Ce n'est pas inscrit dans le marbre, mais c'est signifié noir sur blanc dans le contrat d'embauche.

Il parlait comme un mode d'emploi, et m'a remis, comme à contrecœur, une petite enveloppe.

— Ce qu'on vous doit… Plus un mois. Cadeau. Ne vous plaignez pas.

— Je n'en ai pas l'intention, c'est un plaisir de ne plus voir vos tronches.

— Pareil pour nous.

Les joies de la conversation.

J'ai tenté quand même d'avoir de plus amples précisions et, comme réponse, j'ai eu droit à deux vigiles sécurité, massifs comme des crédences picardes, pour m'accompagner récupérer mes affaires personnelles.

J'ai obtempéré, comme on dit à la crèche.

Ce n'était plus une contre-attaque, c'était deux à zéro.

À domicile.

Et pas de match retour.

Quand je me suis installé dans ma camionnette, quand j'ai rangé, derrière, mes vêtements de rechange, mon petit matériel de bureau, mon Mac pourri et quelques dossiers personnels, j'ai eu un bon coup de mou. À devoir respirer profondément pendant deux minutes. Un burnoutte similaire à celui que j'avais reçu de plein fouet quand Pauline s'était barrée, tout aussi brutalement.

Plus de quarante balais et au chômage.

La vie moderne dans toute sa splendeur signifiante.

Mon boulot ne me manquerait pas. Je l'avais choisi un peu par hasard, il y a huit ans, après pas mal d'années de pérégrinations le long de la route sinueuse des études incompréhensibles et de l'intérim décervelant. Même si ce job à l'hyper, petit à petit, j'avais fait en sorte de le rendre utile. J'avais réussi à développer une politique d'approvisionnement auprès de petits producteurs bio du coin. En douceur. Et, depuis plus d'un an, depuis que je m'étais acoquiné avec les zadistes, il y avait quelque chose d'essentiel qui était lentement apparu. J'avais monté, sans trop le vouloir, au feeling, une sorte d'entreprise sauvage, mais empathique, qui récupérait du matériel et des biens considérés comme désuets, périmés et inutiles par notre sublime société de sommation pour les redistribuer ensuite, palettes et surplus de bouffe, à ceux qui ne voulaient plus que l'on bousille les petits crapauds baveux.

Au début, ces rêveurs, je les regardais un peu comme des clowns. Effrayants d'abord, sympathiques ensuite. Il n'y avait pas beaucoup, dans la région, d'occasions de rigoler, du moins de sourire, ça avait occupé mes moments creux. Et petit à petit, si l'on peut dire, j'étais tombé dedans. J'étais devenu un zadiste périphérique. Sans trop y croire. Je n'avais jamais pensé être dans une avant-garde combattante, une armée secrète qui, un jour, aurait le pouvoir, non, j'avais trouvé un moyen de moins m'emmerder, tout simplement. Mais ça faisait des gouzi-gouzi partout de se sentir un tout petit peu hors la loi.

Et tout ça, fini. Brutalement.

À présent, plus moyen d'aider les potes, presque deux ans de boulot, de passion, de paix intérieure avec, comme résultat, un gros tas de cendres fumantes et des chaussettes à clous dansant autour comme des Indiens d'opérette.

Ne me restaient que ma vieille baraque noircie, la camionnette Toyota et de maigres illusions.

Mais j'admettais que cette vie récente, auprès de gens qui tentaient de faire savoir qu'ils avaient raison, m'avait changé.

Je réalisais d'un coup d'un seul que je ne reviendrais plus jamais en arrière.

J'ai téléphoné à Marie, que je connaissais depuis six mois en gros, une libraire, toute petite libraire, on se voyait de temps en temps, sans pression, sans questions, quand son môme était à l'école et son mec en déplacement, juste pour se reposer de la dinguerie du monde, pour rigoler, boire des coups et s'aimer un peu. En plus, une poète. *Pouêt pouêt.* Bref, comme moi, quelqu'un qui n'avait pas choisi la facilité.

— Tu vas bien ? elle a attaqué tout de suite. J'ai eu peur que tu sois à l'hosto.

— Non, non, ouais, ça va. J'ai échappé aux urgences mais pas à la maison poulaga. Y a pas le feu, ils ne m'ont pas gardé.

— Je suis contente… C'est vrai.

— Mais j'ai plus de boulot. Viré.

— Je suis contente aussi, d'une certaine façon. Tu sais bien ce que je pensais de ton job…

— Je sais. Maintenant, je suis à poil. En plus, on m'a cramé le hangar. Plus de réserves. Deux ans de travail. Sûr que c'est un incendie criminel. Mais va le prouver.

— Tu vas porter plainte ?

— Ça servirait à rien.

— Ne crois pas ça… Et… pour ton boulot, tu vas aller aux prud'hommes ?

— Ça va prendre dix ans. J'en ai marre, de la paperasse.

— Tu vas faire quoi ?

— Je ne sais pas encore. En tout cas, je vais continuer sur la ZAD. Ou pas loin. On a besoin de toutes les bonnes volontés. Surtout maintenant qu'on a tout recentré sur les trois fermes restantes. Et puis, je verrai…

— Tel que je te connais, c'est tout vu.

— Marie, je suis dans le collimateur, ça va être duraille de trouver un autre boulot. Ou alors loin, très loin. Et je n'ai pas envie de partir.

— Moi non plus, elle a soufflé d'une toute petite voix… Je veux dire, j'ai pas envie que tu partes.

— Merci ma douce… J'ai ma baraque. Et quelques économies. Je peux tenir six, sept mois sans problème. Et puis je vais peut-être toucher le chômage, la fortune… Ou le RSA, le jackpot. Mais faut que je réfléchisse… Je vais me mettre au vert pendant une dizaine de jours. Je te téléphonerai…

— J'attendrai. Fais gaffe à toi.

— Je t'aime beaucoup, Marie.

Et j'ai raccroché. Pour ne pas la mettre au bord de la falaise.

Avant de démarrer, j'ai observé, sans doute pour la dernière fois, l'hyper Écobioplus, parce que je l'aimais bien, cet endroit. Bizarre. Pas vraiment aux normes.

Surréaliste, même. Arpenté par toute une population en quête de désir.

Pourtant ce n'était qu'une série d'allées de supermarché, artères secrètes et rutilantes, bordées de chaque côté par des étalages remplis de bonne chère et de produits à déboucher les lavabos. Sauf que dans ce supermarché, il y en avait une, d'allée, qui valait le déplacement. Elle se trouvait juste derrière l'énorme rayon bière locale / vin naturel / alcool de rutabaga, et de ne pas tomber dessus, ou dedans, devait découler d'un refus volontaire. C'était donc une allée que n'ont jamais connue les abstèmes et autres sportifs impénitents. Le supermarché est presque à deux niveaux, les rayons bibine, bricolage et bagnologie étant un peu en hauteur par rapport au reste du magasin. Des rampes douces et longues y mènent sans effort, même les personnes âgées claudicantes et les cols du fémur en kevlar peuvent y pousser le caddie.

Un type en blouse blanche s'est approché cauteleusement de la camionnette. C'était Yvon, le responsable produits laitiers que j'avais, longtemps, et en vain, tenté d'intéresser à l'avenir de tous les petits producteurs de la région, ceux qui avaient dix vaches et cinq chèvres. C'était aussi le délégué du personnel.

— On n'a rien pu faire, Camille…

— J'ai vu.

— Il faut dire que

— C'est bon. N'insiste pas.

— Tu veux que

— Non. Je ne veux rien.

— On pourrait peut-être

— Ce n'est pas la peine.

— Bon… Alors salut. Bon courage.

— Surtout toi, Yvon.

De le voir repartir, penaud, m'a ramené à mon hyper chéri. On pouvait donc, à l'intérieur, se retrouver sur les hauteurs sans même avoir eu l'impression de grimper une quelconque moyenne montagne. Et là, sur la gauche, une petite travée courbe, celles des boîtes de conserve et des produits de ménage. Après avoir chargé le caddie de pinard bio, de Trois Monts et de Goudale, il y avait toujours intérêt à profiter des rayons, tout proches, où s'entassaient les produits vaisselle qui protègent vos douces mains, les serpillières qui caressent vos carrelages et les nettoyants pour vitres qu'après on voit à travers comme s'il n'y en avait pas. Donc, le lambda s'engageait dans l'allée, chargeant au passage le chariot de toutes ces merveilles. Il s'apercevait, c'était normal, que l'allée était en pente, retenait le caddie, déjà lourd, glissait un peu, résistait, mais il continuait, prévoyant que, par-là, il allait pouvoir passer au rayon légumes frais, bio, sans pesticides ni engrais, le mien, le nirvana final. La pente, en descente, était plus abrupte que celle en montée. Alors, piégé, le client s'arc-boutait de plus en plus, parvenait quand même en bas de la côte, une légère courbe et là, surprise, un mur entier de boîtes à chat et à chien lui barrait le passage. Une impasse. Le cauchemar. Un cul-de-sac dans un supermarché, impossible. C'était contraire à toutes les règles inventées, testées, conseillées, voire imposées par ces commerciaux ergonomes et cyniques qui vous organisent les rayons de supermarché comme des glossaires de dictionnaires. Des pékins, parfois, bougeaient, au hasard, quelques boîtes de croquettes canines pour voir s'il n'y avait pas de mécanisme secret permettant, comme dans un roman gothique, de faire pivoter le mur vous bloquant l'accès à l'ailleurs. Entre-temps, d'autres malheureux, qui, le caddie surchargé, avaient suivi le mouvement, venaient s'entasser dans le fond de cette allée absurde. Embouteillage merveilleux, un peu comme ces foules de touristes coincés dans les ruines de Pétra et devant s'organiser pour sortir par l'étroit goulet creusé dans la pierre. Il fallait pouvoir tourner le lourd caddie, toujours un peu grinçant et dont les roues refusaient le demi-tour, et le pousser dans la montée glissante pour revenir au sommet et regagner la civilisation. C'était le moment où l'on faisait connaissance, où l'on dressait des plans, non pas sur la comète mais sur le supermarché parfait, c'était le moment de l'entraide, où l'on proposait de pousser soi-même le chariot d'une mémé à hanches problématiques. Un moment de pur bonheur puisqu'on était certain de visiter un endroit peut-être unique au monde, un aleph aussi passionnant que n'importe quel labyrinthe végétal de l'époque classique. La lourde peine de devoir faire les courses, un mélange d'ennui, de dégoût et de colère, se transformait en plaisir innocent. On était comme un peu perdu dans une contrée inconnue. Pas la peine d'arpenter la steppe ou la pampa, fini les longues et dangereuses déambulations dans Bombay ou New York. Ici, dans un simple supermarché, on vivait intensément la nouveauté. Sans angoisse, il y avait de quoi boire et manger un peu partout. On avait le temps, puisque l'Écobioplus était ouvert jusqu'à vingt heures. On ne craignait pas d'être perdu. Il n'y avait aucun danger, les locaux n'étant pas disposés à prendre des otages. Bref, un pur moment de plaisir.

Récemment, la direction du magasin a fait enlever le mur de boîtes à chat. Mais la pente glissante existe toujours. Et j'ai encore vu des clients, emportés par le poids de leurs caddies, débouler sur cette piste de ski en carrelage, et manquer de s'emplafonner dans le rayon pommes de terre, bio, région picarde, les meilleures...

Ma camionnette a quitté, comme à regret, ce parc d'attractions qui s'ignore.

J'avais la tête pleine de potlevetch. Malgré ça, je suis revenu sur le site, ou plutôt dans la ferme des Bournard, la tête de pont de la nouvelle résistance.

Le plus extraordinaire, c'est que personne n'avait encore perdu le moral. C'était reparti comme en 40. La lutte continuait. On a échafaudé de nouveaux plans sur la comète. Valter & Frères, les bétonneurs en chef, l'avaient eu déjà profond, il ne fallait pas, pour les calmer, leur acheter de la pommade.

J'ai tenu les verts combattants au courant de ma situation, les ai assurés de mon indéfectibilité, mais les ai prévenus que j'allais prendre une semaine de repos, de réflexion.

Une dizaine de zadistes étaient partants pour habiter chez moi, le temps que je me remette à niveau, que je reconstruise mon réseau et que j'imagine comment je pourrais être à nouveau utile et efficace.

En plus, ils me garderaient la baraque.

Je n'avais aucune envie que quelqu'un, une nuit, y foute le feu, rien que pour se réchauffer le moral.

Le soir même, j'ai installé les trois couples et une jeune fille qui s'occuperaient de ma ferme en mon absence. Je leur ai expliqué le fonctionnement de mon foutoir, leur ai signé une lettre prouvant que je les avais mis là en mon âme et conscience (on ne savait jamais) et leur ai demandé de me contacter par téléphone au cas où les flics ou la Justice se mettraient à réclamer ma solaire et imposante présence.

J'ai pris quelques affaires et en route mauvaise troupe.

Au moment où j'allais passer la première, mon téléphone a sonné. Trois secondes après, j'étais aussi sonné que lui.

C'était Pauline, mon ex.

Ça faisait un bail. En gros, depuis qu'elle s'était évanouie dans les brumes calaisiennes et désespérées de l'incompréhension mutuelle.

— Comment tu vas ? elle a commencé, direct.

— Ah bon ? C'est nouveau… Ça t'intéresse ?

— Ben, un peu quand même… En fait, je suis inquiète…

— Tu peux.

— En fait, je vais pas te mentir. J'ai un copain qui bosse au conseil général. L'autre jour, il a surpris une conversation, entre un délégué à l'Aménagement et un cadre de chez Valter… En fait, apparemment, il parlait des derniers événements et il a dit, en fait, que pour le type de chez Écobioplus, c'était réglé, le type, j'ai tout de suite pensé à toi, était cramé et, qu'en fait, ils en étaient débarrassés.

— Ah bon…

— C'est tout ce que tu trouves à dire ?

— Ben ouais.

— En fait, tu t'en fous…

— En fait, oui.

Et j'ai raccroché.

Énervé.

D'apprendre ce truc.

Et des gens qui disent tout le temps : « En fait. » Ces jeunes hurlant dans leurs smartphones : « En fait, là, je suis dans la rue Tabaga » ou « En fait, je te hais, t'entends ? En fait, je te déteste ! » Dans la foulée, les journalistes s'y sont mis : « Caroline, vous êtes en fait à l'aéroport ? — Oui, Gérard, en fait, je suis à Roissy, et l'avion du président vient en fait d'atterrir... » Et, en fait, les politiques, eux aussi, ont attrapé le virus, mais, en fait, je ne donnerai pas d'exemple, car c'est, en fait, très fatigant.

J'ai beau me formater pour entendre, à chaque fois, « en fête », ça ne marche pas. D'entendre, par exemple, « En fête, je ne veux plus te voir », ça peut à la rigueur se comprendre comme un cri du cœur. Mais d'entendre « En fête, je ne peux pas venir car ma mémé est décédée », ce n'est pas possible. Je rêve de voir un jour un journaliste répondre à son collègue : « De par le fait, l'avion du président n'est pas encore arrivé », ou bien une ado, en pleine crise, éructer : « De par le fait, ma mère, elle me gave grave ! » En fait, je devrais m'en foutre. En fait, ce n'est pas très important, cette invasion enfaitière ou infaitisante. Ça passera, comme est passé le tout aussi envahissant « C'est clair » et le toujours prépondérant « Tu vois ». En fait, si, un jour, j'entends : « En fait, tu vois, c'est clair... », en fait, j'explose tout ce qui bouge autour de moi.

Et le nom... Valter. Valter & Frères. L'entreprise qui devait construire la plateforme multimodale et toucher de facto un paquet de millions d'euros. Après avoir déjà bétonné une bonne moitié des Hauts-de-France, autoroutes, remblais, parkings, ronds-points et tout ce qui était dur de plus de vingt kilomètres de long. En esclavagisant un autre paquet, aussi bien ficelé, de travailleurs africains ou moldaves. C'était ça, le BTP, le Bilan Totalement Positif. Tout en bousillant les crapauds du périmètre. Et en expropriant des petits vieux, la bêche à la main. Mais une société qui, pour l'instant, avait le cul en feu à force de s'asseoir sur l'énorme projet de Zavenghem. À cause des loquedus de la ZAD.

Valter & Frères qui, en plus, possédait la société Triangle, celle qui possédait Écobioplus…

Je sentais qu'une petite dépression montait en moi, un vrai bulletin météo.

J'avais besoin d'un bon anticyclone. Mais surtout de repos, de vent, d'iode, de calme. De vin blanc bien frais. De fruits de mer. D'odeur de goémon.

Il est prouvé depuis longtemps que le cerveau est une machine, même si son infinie complexité et les ressources inexplorées qu'il cache encore le rendent aussi mystérieux qu'une majorité belge introuvable. Or, une machine, n'importe laquelle, ne peut pas décemment toujours être en marche. Même les ordinateurs les plus performants ont besoin de passer de l'état de fonctionnement, voire de veille, à l'état d'extinction totale, où ils retrouvent les privilèges de leurs consœurs, machines moins nobles, tous ces lave-linge ou bagnoles. On déconnecte, on débranche, on enlève la prise, et ça peut enfin refroidir. Pour mon cerveau, il devrait en être de même. Et rien à voir avec mon cœur, machine grossière et primitive, peu aboutie, ne pouvant se réparer elle-même. Même si, chez certains, on peut diagnostiquer plus de cœur que de tête.

La main sur le démarreur, j'ai senti qu'il me fallait un interrupteur, tout simple, genre lampe de table de nuit, pour pouvoir déconnecter le chou du haut. Pas pour dormir. Pendant le sommeil, c'est le contraire, le cerveau travaille tous azimuts et en profite pour conclure ses petites affaires secrètes. Non, il me fallait un système de déconnextion absolu, temporisé, avec remise en marche préprogrammée. Pas un *reset*, comme on dit en désinformatique, pas de perte ni de nettoyage, non, un simple arrêt total, où plus rien du travail, de la responsabilité, de l'idée du temps qui passe, du désir, et de la bienséance, ne soit au rendez-vous. Une ventilation qui s'arrête, des circuits qui se figent, la chimie qui se repose et tout qui se dégonfle.

Sinon, normal, rationnel, il y a risque de surchauffe et obligation d'usure, comme dans tout matériel, même japonais.

J'ai passé la première.
Le Toyota a rugi.
Merci Papa.

2

Dehors, une tempête à décorner les limaces.

Ça fait cinq jours que je suis là, à Saint-Guénolé, sud Finistère et ça fait autant de jours que la météo est tellement pourrie que les goélands font la même tronche que les battus à une primaire.

Chez Betty, autour du zinc, il y a encore quelques marins, aussi imbibés que les maigres pelouses bordant les quais, mais qui s'animent un brin en hurlant qu'ils ont assez perdu de pognon comme ça et qu'il va bien falloir à tout prix sortir en mer.

— Faut pas y aller! intervient la patronne. C'est du suicide! Vous savez ce qu'on dit à Kérity : les morts ont tous la même peau! J'ai pas envie d'aller cracher sur vos tombes!

— T'as surtout peur de perdre des clients! crache un biturin.

Au même moment, des pêcheurs hirsutes et spongieux déboulent en gueulant que c'est la cata, que même le poisson a la gerbe, et que tout ça c'est la faute des Chinois et de leur bilan carbone hallucinant.

— Va falloir faire le ménage ! On va leur mettre notre phare dans le fondement et en faire des rouleaux de printemps !

Et, comme pour défier l'ouragan, ils se mettent illico à beugler une *gwerz* sinistre.

Ah ça, j'étais peut-être coincé là presque une semaine, mais je ne risquais pas de m'emmerder. Ça n'arrêtait pas. Pour le calme, c'était râpé. Mais pour l'iode et le vent force 412, j'étais servi.

Dans l'estaminet, sûr, ça allait dégénérer, ils étaient tous prêts à attaquer l'Empire du Milieu quand un pêcheur, trempé comme un croûton, surgit dans le rade en enfonçant quasiment la porte.

— *Gast!* Y a le chalutier de Norbert qui s'est échoué au beau milieu de la passe, ce con. On peut plus sortir, faut attendre une grande marée, c'est pas de bol, on est maudits, par saint Eckmühl, on l'a dans l'os, c'est toujours pareil…

Tout ça en avalant, entre ses furieux phonèmes, trois muscadets. Les marins, en braillant des « *Kenavo* aux hormones ! » et des « *Kenavo* marengo ! », se précipitèrent dehors, bravant l'écume des jours. Suivis par Betty et sa copine qui, en toutes circonstances, vont vérifier de près, malgré l'ouragan, l'état de leur cheptel.

La solidarité finistérienne en marche.

J'étais venu dans ce bout du monde pour demander un peu d'hospitalité à mon vieux pote Bixente, qui avait repris les manettes d'une des conserveries du port. Un Basque. Un demi. Comment un demi-Basque en arrive là ? Grâce aux flics. Dans les années 70, le Pouvoir, pour mettre au vert les activistes indépendantistes, les avaient consignés à résidence dans un endroit où ils seraient perdus, étrangers, démunis, les amenant en Bretagne, ce con. Chez quasiment leurs frères d'Océan. Où ils ont copiné à mort avec les chapeaux ronds en buvant des coups au-dessus de caisses de dynamite. Le père de Bixente avait convolé avec une Bigoudène pur jus et, hue cocotte, lui avait fait un enfant. Mon pote. Que je voyais au moins une fois par an, à Pâques, pour fêter ces vacances où l'on s'était connus, tout jeunes, à Malo-les-Bains.

Je l'attendais au bistrot et, quand il avait fini le boulot, on partait à pied chez lui, juste derrière le musée de la Préhistoire. Boire des coups en matant des allées couvertes, c'est indicible, ça vous rend mammouth. Bixente n'allait pas tarder, en ce moment, pas beaucoup de taf, à cause de la tempête.

La bande des gueulards revint se réfugier dans le bistrot de Betty, refusant de se faire mouiller davantage par autre chose que du pinard. Aux chansons de marins, dignes et tragiques, succédèrent alors des beuglements vantant nettement plus les joies de la charcuterie conjugale et, comme certains de ces humanistes se sentirent curieusement visés, une furieuse bagarre de type bigouden se déclencha au bord du comptoir et gagna peu à peu le reste de la salle où de bonnes âmes pas encore noircies rangèrent avec précision des verres pour l'instant intacts.

Faut bien s'occuper.

Betty, elle, haussant les épaules, s'alluma une Craven A et, habituée à ce genre de désastre, se dirigea vers la cuisine pour vérifier la cuisson de son *kig ha farz*.

Bixente débarqua en plein chaos, regarda, du coin de l'œil, les combattants qui gesticulaient sans se faire de mal, les poings passant à des kilomètres de leurs cibles, et vint direct s'asseoir à ma table. Betty, spontanément, lui amena sa pinte. Dès la première goulée, j'ai bien vu qu'il était énervé. J'ai tenté de le calmer.

— À la radio, ils ont dit que, demain, le temps allait s'améliorer. L'anticyclone gagne du terrain.

J'aurais pas dû. Il s'est mis à hurler :

— Il commence à nous courir, l'anticyclone des Açores ! Y en a que pour lui ! Tous les matins, des milliers de pauvres cons partant au turbin ne lisent, au comptoir, que la dernière page du *Télégramme* pour constater ou apprendre où il en est, l'anticyclone des Açores… C'est un salaud, l'anticyclone des Açores, il arrive, tout fier, il ne fout rien, il nous caresse les badigoinces et il repart, boudeur, un peu plus au nord ou un peu plus au sud, nous tournant le dos et nous laissant nous recoltiner les dépressions qui, elles, ne sont jamais loin…

Sa voix, formée à la criée, aussi grosse qu'une vague.

Ça calma les bagarreurs comme par enchantement. Peu à peu, ils se regroupèrent, le verre à la main, autour de notre table. Bixente, qui devait avoir l'habitude de cet auditoire, se rempluma, Cyrano local.

— Quand, grand seigneur, il daigne nous recouvrir, ce putain d'anticyclone, c'est toujours à contretemps.

Et un coup de muscadet dans le chenal.

— Par exemple, l'hiver, quand on n'a pas besoin de lui. Il s'installe, peinard, nous amène du ciel bleu, mais surtout ce grand froid qui nous paralyse les doigts, ratatine nos géraniums et détruit le palmier ou le mimosa qu'on a réussi à faire pousser devant la porte…

Et une deuxième lampée pour faire passer la première.

— Et l'été, quand, à moitié à poil, on attend de faire une petite sieste sur la jetée, en comptant sur la présence réconfortante, immuable comme une enclume céleste, de ce fichu anticyclone des Açores, qu'est-ce qu'il fait, ce gros nul ? Il s'en va, il disparaît, laissant de gros nuages cacher le soleil, le vent balayer la poussière et le crachin vider les campings. Hein ?

Bixente me prit à témoin. Je m'y attendais.

— Hein ? Toi, le gars du Nord, t'en penses quoi, toi ?

J'inspirai un grand coup, m'avalai une rasade de muscadet et en avant l'impro.

— L'anticyclone des Açores, c'est d'un ennui profond. Tous les jours sont pareils, le ciel ne change pas, d'un bleu sans âme, sans mystère ni aspérité, la température se fige, le chaud pénible, le froid douloureux, les nuits constellées d'étoiles à la noix, le thermomètre s'endort et le baromètre roupille…

Bixente, ravi, embraya aussi sec. Genre poète en pleine épectase.

— C'est vrai ! Alors que les dépressions sont mouvantes, sans cesse renouvelées, pleines de surprises, le baromètre joue au yo-yo, les jours ne se suivent pas, ne se ressemblent jamais, on ne sait pas comment se fringuer, c'est un pari, savoir le temps qu'il va faire, faut pas l'oublier !

— Ho, tu pousses, Bixente, cria un matelot, ça se voit que c'est pas toi qui pars en mer !

Mon pote ne se laissa pas impressionner. Lancé comme un tribun à la Chambre.

— Les dépressions sont rapides, cisaillantes, aiment voyager, découvrir du pays, elles aiment l'errance et refusent de s'installer durablement. Alors que l'anticyclone des Açores est décevant de lenteur, c'est comme un gros pépère, un édredon mou du genou, un flan tremblotant, un far même pas breton. Et quand il est là, nous enrobant, c'est galère pour le faire bouger.

Et un autre verre dans le gosier, trois.

— Les dépressions le tentent, elles, comme des chiens hargneux titillant un hippopotame, mais c'est difficile, alors ça les rend nerveuses, comme aujourd'hui.

Un colosse, barbu, hilare, le bonnet enfoncé sur la tête, vint tout à coup lui prêter main-forte, comme un barde de secours. Sa grasseyante voix puissante emplit le bar.

— En plus, en ces temps où tout se ressemble, l'anticyclone des Açores est celui qui, théoriquement, nous empêche, nous, Européens, de connaître cette merveille de la nature qu'est un vrai cyclone. Et nous condamne à une météo petit bras, petite bourgeoise, pusillanime en diable. À cause de lui, nous ne voyons jamais un palmier couché par l'ouragan, un toit en tôle volant dans les airs, des vagues de cent cinquante mètres de haut constellées de surfers pris au piège.

— Erwan, ferme-la, hurla un marin, t'es cuit, un vrai bulot !

Le géant grimpa néanmoins sur une chaise, écartant les bras comme un Hamlet breton.

— Alors qu'il y reste, aux Açores, l'anticyclone, qu'il en

profite ! Et s'il y a encore des volontaires pour aller le voir de près, qu'ils y aillent aussi, aux Açores, c'est très beau, les Açores, il y a des volcans magnifiques !

Au milieu des cris et des injures, Erwan retrouva le plancher des vaches et vint s'asseoir à notre table.

— On risque la ruine, mais qu'est-ce qu'on se poile !

Betty, sans doute pour nous remercier d'avoir calmé l'assistance, nous livra direct une bouteille de gros-plant et trois verres.

— Cadeau de la maison.

— Ah ça, pour un cadeau, c'est Noël !

Nous avons parlé quelques instants, mais Bixente et Erwan n'avaient qu'une obsession en tête : le chalutier de Norbert qui, à présent, comme une grosse sardine marseillaise, bouchait carrément le port. D'autres pêcheurs se mêlèrent à nous et Betty, du coup, ramena deux autres bouteilles.

Au bout d'un moment, la tête comme une galette saucisse, j'ai salué toute la tablée et je suis sorti pour aller me promener au bord d'un océan au moins aussi démonté que moi.

Ma vie avait particulièrement accéléré depuis deux ans. Et là, en un peu plus d'une semaine, les radars m'avaient flashé à mort.

Ma jeunesse, mes temps d'ado, rien à dire. Par rapport à Johnny Rotten et Kurt Cobain.

Ensuite, une place dans le Grand Parking Adulte. Tranquille Mimile. Il avait fallu le décès de mes vieux pour me rendre compte que je devais me bouger si je voulais éviter une calcification sur pied. Car, en général, et même en maréchal, je me faisais de plus en plus chier. De plus en plus.

Coin coin. Coin coin. Pas un canard. Mon portable.

— Salut Camille, c'est Pierre-François.

Pierre-François. Un grand mou. Sympa mais sinueux. Responsable du comité d'entreprise de l'Écobioplus, organisme d'une puissance formidable même pas capable d'organiser une virée à Paris pour un concert de Johnny, ce que demandaient la majorité des syndiqués.

— Tu ne me croiras pas, mais je te regrette.

— Si si. Je te crois. Sérieux.

Devant moi, des goélands immobiles, en plein vent, surfant dans les rafales, comme de mauvaises idées arrêtées en plein vol.

— Parce que le mec qui te remplace, alors là, pardon... Le bio, pour lui, ça se résume à la biographie. La sienne. Il fait partie de la famille Valter. Un vague cousin du pied gauche, je crois. Un bras cassé. Qui était dans la merde. Comme la famille possède des ronds à Triangle, ça s'est fait tout seul.

— Normal.

— On va quand même vite te regretter.

— Et pendant longtemps.

— Y a des gens, ici, qui sont prêts à t'aider, à dire que t'étais un collègue irréprochable.

— Je sais, Yvon m'a déjà prévenu. Merci, Pierre-François, mais ça ne sera pas nécessaire.

Et j'ai raccroché. Pas la peine de s'appesantir. De remuer

la pelle dans le trou. Ce gros trou dégueulasse, une vraie tombe, creusée par ces foutus Valter & Frères.

Bixente m'a rejoint pour la promenade et m'a ramené vers le port où une petite troupe de pêcheurs observait, effondrée, le chalutier de Norbert planté dans le chenal et attaqué à fond par les vagues venant direct de New York.

Et puis après, nous sommes rentrés nous coucher. Épuisés, atteints, aussi bourrés que des coussins brodés.

Pendant la nuit, ça n'a pas molli. La tempête a tellement insisté que ça en devenait presque gênant. Mais j'ai réussi à sombrer plusieurs fois. Au matin, avec la marée descendante, ça s'était un peu calmé.

Bixente a eu à peine le temps d'avaler trois litres de café avant de foncer au port. Des pêcheurs étaient venus le prévenir, au petit matin, que, pendant la nuit, l'océan en furie avait eu raison du gagne-pain de Norbert qui, brisé en deux, empêchait désormais de naviguer dans le chenal.

Quand je les ai rejoints sur la jetée, ils avaient déjà, entre eux, décidé de faire sauter les deux morceaux de l'épave à l'explosif. Les grandes décisions, sur place, ça ne traînait pas.

Pendant qu'ils se distribuaient les compétences, j'ai reçu un appel de l'un de mes locataires occasionnels, un prof de gestion en rupture, un allumé qui se payait, cash, une nouvelle vie.

C'était pour m'apprendre qu'ils avaient eu la visite de types de la DDE et de l'Assainissement, me prévenant qu'ils allaient venir vérifier mon réseau d'évacuation des eaux usées. Et aussi des grossiers de l'ERDF, qui me demandaient officiellement de revoir mon installation, compteur et mises à la terre. Avec les lettres comminatoires attenantes.

Ça continuait. La guerre d'usure.

Normal, car prévisible.

Venir, juste maintenant, comme par hasard, contrôler ma fosse septique…

C'était moi le plus sceptique des deux.

Il était temps que je rentre. Je n'avais pas encore vraiment fait le point, mais je devais me bouger. Ma retraite dans l'iode, finie.

J'ai prévenu Bixente que j'allais m'en aller. Retrouver mes propres précipitations. Il m'a demandé de rester jusqu'au lendemain, au moins pour assister au feu d'artifice. Ils allaient faire sauter le bateau de Norbert.

— Vous savez faire ça, vous ?

— Tu rigoles, ou quoi ? m'a répondu mon demi-Basque.

— Et vous avez le droit ?

— Tu rigoles ou quoi ? a rajouté mon Basque à demi.

Avec sa belle trogne hilare sur fond de cumulus noirâtres.

Au petit matin, tout est prêt.

Je suis arrivé au port en traversant Saint-Guénolé et un brouillard à couper au yatagan. Ce qui est toujours suave. Ne pas voir où l'on va mais espérer que c'est dans le bon sens. Entendre le bruit des bagnoles avant d'apercevoir leurs gros yeux à travers le rideau cotonneux, c'est comme un film d'angoisse raté.

La houle était grise, lourde et régulière, et le vent, s'apercevant qu'il n'impressionnait plus grand monde, avait abandonné la partie.

De part et d'autre du chenal, sur la grande et la petite jetées, il y avait une dizaine de marins, encapuchonnés, dont trois remontant d'un zodiac, des câbles à la main.

J'ai rejoint Bixente, accroupi au-dessus de trois grosses boîtes métalliques au moment où il mettait en contact deux épissures de cuivre. Une belle étincelle et, plus loin, en pleine eau, deux sourdes explosions. Les deux parties du chalutier coupé en deux s'évanouirent dans les airs et la brume épaisse. Quelques marins poussèrent des gloussements gutturaux qui devaient être des cris de joie.

— Maintenant, ils vont pouvoir re-bosser, marmonna Bixente…

— Toi aussi, d'ailleurs…

— Ouais. C'est immoral… En définitive…

Le Toyota ronronne, comme content de revenir à la maison.

Avant de partir, au moment des embrassades, Bixente me range dans l'arrière de la camionnette une petite caisse en bois, sans faire de commentaires.

— C'est quoi ? je demande. Des boîtes de sardines ?

— C'est ça. Piquantes.

— Me dis pas que…

— Je ne dis rien. Tu verras. On ne sait jamais. Il y a le

mode d'emploi à l'intérieur. Très simple. Tu ranges ça dans un endroit sec. Et discret.

— Merci Bixente.

— Bonne vie, Camille.

La route, la route, la route.

Stressé. Hérissé. J'avais compris, peut-être à tort, qu'il m'avait filé un peu de cette pâte qui avait libéré, peu avant, le chenal. Et qu'il espérait que ça m'aiderait, moi aussi, à éliminer drastiquement une épave qui obstruait ma vie... Du coup, je roulais doucement, en souplesse, sans mouvements brusques ou désordonnés. Ce n'était pas le moment de se faire gauler par des gendarmes un peu fouineurs. Ou de me transformer en belle rouge autour d'un orme de talus.

Ça se trouvait, dans la caisse, il n'y avait que des bouteilles de *lambig*, l'humour de mon pote en prime...

En tout cas, je repartais vers le Nord, vers mes terres, avec une sale sensation. L'impression d'avoir un truc à faire qui me débectait à l'avance. Comme le nettoyage de l'intérieur d'une hotte aspirante, quand il faut éliminer toute une masse indéfinie et gluante empêchant le bon fonctionnement des choses. Comme si j'avais besoin d'un kärcher, comme disait l'autre.

J'ai pensé à Jean-Louis Barrault, à William Kramps, le tueur de bouchers, dans *Drôle de drame*, et qui couinait : « Les bouchers, ils tuent les vaches, alors, moi, je tue les bouchers... » C'était aussi simple que ça. Pas besoin de formulaires en douze exemplaires pour régler le problème.

Mon problème à moi, ce n'était pas de ne plus avoir de

boulot. C'était d'accepter ou non de m'être fait aplatir, rabioter, tondre. L'incendie, le licenciement et, maintenant, toutes les absurdes tracasseries administratives qui allaient me tomber dessus, comme à Gravelotte, le genre de petites emmerdes qui, à force, ont valeur de grosses hémorroïdes. Tout cela, il fallait bien l'admettre, je n'en avais presque rien à carrer.

Parce que j'avais des perspectives.

Ma ZAD, « ma » zone à défendre, la mienne.

Même si je n'étais pas vraiment un méchant, un vrai, avec la gueule de l'emploi, genre le « Danois » dans *Miller's Crossing* des frères Coen, ou mon préféré, Jack Palance, qui, dans *L'Homme des vallées perdues*, passe son temps à ne murmurer qu'un sinistre : « *Proove it...* »

C'était maintenant à moi de prouver.

J'ai fait une petite pause du côté de Lamballe. Pour pisser, boire un coup, laisser le moteur se reposer un peu. En plus, je commençais à souffrir d'un lumbago Toyota d'occasion, mais j'ai oublié ma détresse dorsale pour au moins deux raisons : un, *hallelujah*, il ne pleuvait plus, deux, la vache, ça cocottait ferme. Pas à cause du méthane de bêtes à cornes, mais grâce au cochon, tout est bon dans le cochon, sauf son parfum. Sainte Thérèse de Lisier nº 5.

Sur l'aire de stationnement, il y avait une supérette avec une enfilade de caddies alignés devant l'entrée.

Je me suis figé.

De les revoir m'a ramené vers ma vie d'avant, mon monde, mon mien, j'étais dans le caddie, un caddie plein, et qu'a dit le caddie ? En réalité ça ne valait qu'un euro un caddie, ou alors un jeton plastique, y avait toujours des trucs qui restaient au fond, et puis un caddie, ça ne se volait pas, ça se remettait là où on l'avait pris, ça se sodomisait en plein vent, entre les bagnoles, ça brillait vaguement dans l'obscurité, des fois, ça grinçait, ça coinçait, des fois ça roulait de traviole, on se croyait aux autos tamponneuses, mais c'est sublime, un caddie, c'est démocratique puisque tout le monde a le même, tous les caddies sont pourris, il n'y a pas de quoi être fier, tout le monde pareil, à la traîne de cette saloperie à roulettes, on se démerde avec ce petit wagon de marchandises, lourd comme un gros chien mort, ça précède des centaines d'humains, tous les mêmes, tout ça pour quoi, qu'est-ce qu'il y a en général dans le caddie ? Des nouilles, bordel, des nouilles ! C'est important les nouilles, c'est ce qui ressemble le plus à un cerveau, un cerveau bien rond, bien tiède, compressé, le cerveau, car un cerveau, ça ne doit bouillir que six minutes, comme moi, au bout de cinq minutes, je bous et, alors, je balance des nouilles partout, à la tête de tout ce qui remue, ou alors ça ressemble aussi à une partouze d'asticots, les nouilles, tous ces vers qu'on a dans la tête, et qui sentent la mort.

Au comptoir hyperformica de la station-service, j'ai bu un café, un truc hyper aussi, hyperdégueu.

En face de moi, sur un tableau en liège encombré de petites annonces burlesques, il y avait encore des affiches et affichettes appelant à la révolte citoyenne contre l'aéroport de Notre-Dame-des-Landes.

Ça m'a ramené direct à ma situation.

Ça faisait un an, et même un peu plus, que ma vie avait

pris un tournant à 75° avec le projet de plateforme multimodale prévu à cinq bornes à peine de ma fermette. C'était quoi, ce genre de délire ? Alors qu'il y en avait déjà deux avant celle-là, à trente kilomètres de là, à Isbergues. Mais la nouvelle serait trois fois plus vaste. Trente kilomètres carrés de béton, au bord du canal, où aboutiraient voies ferrées et autoroutes, pour « dispatcher », c'était le terme officiel, la masse incommensurable de conteneurs venant du port de Dunkerque et arrivés jusque-là en péniches XXL. Cela voulait dire qu'il y aurait, juste après, l'implantation d'usines de toutes sortes aux environs du site, on n'en connaissait pas encore la marque. Tout le monde évoquait un truc genre Toyota, déjà installé plus loin, vers Valenciennes, pas loin de l'Escaut. Et tout le monde savait que ça voulait dire la mort bétonnée d'autant de zones humides avec leurs milliers de salamandres, de crapauds et de mignonnes petites fleurs des champs. Sans parler de la destruction de fermes et de familles de fermiers installés depuis trois siècles sur le site. Trois raisons de boire Contrex.

Sans parler des milliards de camions qui me passeraient sous le nez, rasant les murs de ma fermette et bousillant l'asphalte de ma petite route qui sent la noisette, le musc et le benjoin.

Alors, je me suis engagé peu à peu.

Peut-être que j'étais déjà sensibilisé, par mon boulot, en fréquentant tous les producteurs bio (ou presque) et ceux qui tentaient autre chose. Sans oublier toutes les assos qui faisaient déjà de la récupération et de la formation durable. Et tous mes contacts avec les chevaliers de la décharge, ceux qui bossaient dans les déchetteries et les ressourceries, ces IKEA de la zone.

C'est comme ça que, lentement mais sûrement, je me suis rangé du côté des zadistes. Sans trop le vouloir. Ça s'était fait comme ça, en douceur, par immersion. J'avais l'impression d'être un peu mexicain, c'est vrai, le «za», ça faisait Zapata. J'ai vite trouvé le moyen de les aider. En leur apportant du matos. En les aidant à construire leurs châteaux forts. En leur apportant des légumes.

En face, tous ceux qui nous parlaient du projet et qui nous promettaient l'avenir, je les voyais désormais comme tous ces «amis» invités qui déboulaient le soir chez moi, avec une bouteille de vin en se débrouillant toujours pour insister sur l'année de vinification, alors qu'on sait bien qu'un vieux bordeaux peut être tout à fait dégueulasse. Et à chaque fois qu'on les rencontrait, ces vautours aimables, dans des réunions publiques, il y en avait toujours un qui ressemblait à un de ces potes qui vous confie qu'en ce moment il est en train de relire Proust et que c'est extraordinaire... J'avais en permanence l'impression que tous ces technocrates nous promettaient, à seize heures, que nous serions riches et, à minuit, formidablement heureux.

Moi, je n'ai jamais eu le désir d'être une citrouille. Je suis plutôt du matin.

Alors je n'avais pas beaucoup hésité à exercer ma part sociale.

J'ai été m'acheter un Paris-Brest.

Qui avait l'air d'avoir fait le voyage...

Et un autre café. Un allongé.

Car j'étais encore debout.

En face de moi, un type s'empoisonnait pareil, accoudé à la table de plastique blanc, ronde et haute, poisseuse.

— C'est à vous le Toyota ? il a graillonné.

— Comme vous le dites.

— Ça, c'est de la caisse... Il y a quelques années, y a eu un sondage qui montrait que les Toyota étaient celles qui tombaient le moins en panne.

— Si vous le dites…

— Normal. Elles sont fabriquées en France. Dans le Nord.

— Signe de qualité.

— Ouais.

— C'est sûr.

— Normal.

Une vraie discussion, pleine à ras bord de coupures épistémologiques. J'ai relancé, plein d'espoir.

— Et vous, vous avez quoi, comme tire ?

— Une Volkswagen… *Das Auto*…

— C'est bien, c'est l'Europe…

— Europe mon cul. L'Europe de l'arnaque, oui… Mais c'est pas gagné pour les Fridolins. Ils devaient construire une usine, dans le Nord, du côté de Saint-Omer, mais avec tout ce qui se passe, ça sent le cramé.

J'ai pensé rapidement que ça avait à voir avec ma plateforme multimodale. C'était donc ça. Et lui, il semblait au courant. Le mystère. Comme je ne répondais pas, il a pris ça pour un blanc-seing.

— Tout part en couille. C'est comme le sport… Le fric, tout ça, les marques sur le maillot, tout ce pognon claqué pour les jeux Olympiques… Il faudrait tout arrêter et simplement faire du sport pour mieux sporter. Et si certains médias pensent qu'il n'y aura plus rien à croûter, imitons les Grecs. Yaka faire comme à Athènes, tout le monde à poil et couvert d'huile, comme dans le temps. Yora du spectateur en pagaille. Et plus personne nous fera plus chier avec les jeux Olympiques… Mais avec ce qui se passe…

— C'est quoi, ce qui se passe ?

— Ben, y a tous les végétariens, les branleurs, les terroristes, les communistes qui foutent le souk sur place. À cause de ces clodos, y a un millier d'emplois qui sautent…

— C'est vachement terrible…

— Ouais.

— Et alors ?

— Je sais pas… À part les fusiller.

— Carrément ?

— Carrément. Vous n'êtes pas d'accord ?

— Non.

Et je l'ai quitté aussi sec. Je m'attendais à entendre, derrière mon dos, quelques invectives qui s'en prendraient à mon fondement, mais je n'ai perçu que des bruits de caisses enregistreuses.

Quand, le soir, vanné, le dos en compote, je suis arrivé chez moi, ça changeait, la maison était bien vivante. Trois voitures garées dans la cour, deux gosses jouant au foot, de nombreuses fenêtres éclairées, Noël. Mes locataires s'étaient radicalement installés.

J'étais content, ma vieille cagna revivait.

Ils m'ont accueilli comme un prince et je n'ai eu qu'à me mettre les pieds sous la table.

Une jeune fille, Claire, vingt ans aux fraises à peu près, rousse comme une bière irlandaise, m'a servi un chou farci à la tomate et aux poivrons. De première grandeur. J'étais scié qu'un plat aussi délicieux eût pu sortir de mes propres fourneaux.

Les meilleures choses arrivent toujours un peu par hasard. Il suffit que quelqu'un dise qu'il a concocté un plat dont on se souviendra à jamais pour qu'on trouve sa tambouille immonde. Au nord d'Agadir, je suis arrivé, un soir où soufflait le chergui, dans un petit village en bord de mer, totalement plongé dans l'obscurité à part une ampoule éclairant chichement la place du village où des enfants jouaient au foot. On nous avait indiqué un endroit où l'on pouvait manger et où nous sommes arrivés à l'aveugle. Il y avait un vieux billard pelé sur lequel dormaient le cuisinier, le patron et le serveur. À peine réveillés, ils nous ont dit qu'il restait du tajine aux seiches et patates douces. En avant. On a attendu, dans le noir. Et nous l'avons mangé, ce tajine, plus tard, et toujours dans le noir. Le meilleur que j'ai pu déguster de ma vie.

J'ai foncé à la cave chercher trois bouteilles de ma réserve, ils n'avaient même pas profité de mon absence pour piller, en tout bien tout honneur, ma pinarderie spécialisée en Sidi-Brahim. Des modèles, ces gens.

Et puis, comme on en était au dessert (poires au vin), Claire m'a amené le courrier qui était arrivé pendant mon absence, dont les fameuses missives comminatoires dont on m'avait déjà parlé.

Il y avait aussi une lettre de Marie, ma douce libraire, ma poète.

Camille,

Rien n'est contre toi…

Mon mec vient d'être nommé à Pau.

Je le suis. Les enfants… Il est certain que je n'ai pas une folle envie de voir les Pyrénées.

Je cède ma place à la librairie et j'espère, là-bas, en trouver une autre.

C'est comme ça. Je ne peux m'opposer à cet exil. Je ne suis pas assez forte.

Bien sûr que tu vas me manquer. J'en ferai des poèmes. Et l'on se reverra peut-être.

Tu as été un de mes plus beaux recueils.

Fais gaffe à toi.

Je t'aime beaucoup.

Marie.

PS : J'admirerai le pic du Midi d'Ossau en pensant à toi.

Le pic du Midi d'Osso Bucco, ouais.

La douche à l'acide continuait.

Tellement de tuiles me tombaient dessus que je pouvais envisager de refaire le toit de ma vieille cagna.

— Une mauvaise nouvelle ? me demanda Claire.

— Je ne sais pas encore.

Ma tête était vide, totalement creuse. Une cavité sombre. Un trou gluant, un puits au fond duquel il y avait peut-être de l'eau, mais aussi des trucs très mystérieux, des serpents venimeux, des rats amphibies, des lombrics avec des dents acérées.

Dans ma maison, entouré de nouveaux amis, j'étais pourtant au chaud, mais je ne savais toujours pas quoi faire de mes jours prochains.

J'avalais la poire que j'étais devenu.

Mais, c'était sûr, j'avais du pain sur la planche.

3

Déjà presque un mois depuis les « événements ». Pas de nouvelle judiciaire, comme s'ils (les flics, les juges, les magnats du BTP, les bourreaux, les salauds, les Martiens) m'avaient oublié. En revanche, avec l'aide de mon avocat, j'ai beaucoup œuvré pour calmer les agités du praticoinerte, l'ERDF, la SAUR et tous les pseudo-services soi-disant au service des esclaves consommateurs. Tout ça prend du temps. Et a été à peu près réglé, je crois que c'était juste pour me tester, mais ne rêvons pas, ils réagiront un jour ou l'autre.

Peu à peu, au fil des jours, j'ai recontacté mes anciens réseaux d'approvisionnement qui, eux, monolithiques, continuaient leur combat précis et opiniâtre. Je les ai rebranchés sur les trois fermes du site et aussi sur la communauté qui squattait ma baraque. Question rabais et surplus. Au moins, en attendant la suite, tout ce beau monde aurait à bouffer bio. Ok, de temps en temps, une bonne andouillette manquait à l'appel, mais ce n'était pas trop dur à gérer. Il suffisait de faire un petit tour du côté d'Arras pour en trouver une succulente, au moins douze A.

Et puis, mon Toyota a eu du taf. J'ai refait le plein de palettes et de petit matériel au rebut. Ce ne sont pas les supers et les hypers qui manquent, la région en est pourrie. On se demande bien pourquoi, les gens du coin sont de plus en plus pauvres. On a dispatché ce trésor sur les sites encore occupés, notamment les trois grosses bâtisses transformées en zones libres. Un taf que je connaissais par cœur. Autant en profiter. Mais, je l'avoue, il me manquait un truc pour réveiller un semblant d'enthousiasme…

Tous les samedis, à chaque fois dans une ferme différente, se tenait une sorte d'AG où nos avocats, aussi concernés que bénévoles, nous informaient de la situation, et où nous exposions l'état d'avancement des initiatives que nous avions prises. On y faisait également le point sur tous les appuis qui nous parvenaient et sur le nombre de signatures aux pétitions qui circulaient. La France entière était derrière nous et pas seulement les grands frères et sœurs de Notre-Dame-des-Landes, de Sivens ou de Savoie. Il y avait même des politiques qui montraient le bout de leur nez. Là, on se méfiait, et pour cause.

On nous a forcés à regarder une retransmission d'un journal télévisé régional : une séquence surréaliste avec une interview de Jérôme Valter, le PDG de la boîte, un type assez jeune, présentant bien, qui aurait pu être un clone de Christian Clavier et qui disait que nous, nous les « troublions », étions en train de ruiner la région…

Là, ça m'a vraiment énervé. Je me suis surpris à me dire que c'était lui, et lui seul, mon ennemi et que j'allais me le faire, un jour ou l'autre, si l'occasion se présentait…

En fin de réunion, le moment que je préférais, c'était la

porte ouverte à toutes les suggestions, plans, projets dont certains étaient un défi à la santé mentale générale. La dernière fois, un collectif théâtral itinérant nous avait exposé son contre-projet officiel à la plateforme multimodale qui consistait dans la construction, loin des zones humides, d'un parc d'attractions pour enfants, appelé le Center Park Picasso. On a bien rigolé et on leur a demandé de revenir nous exposer le détail de leur dinguerie. Ils avaient l'air ravis.

Le reste était à classer dans les dossiers « sérieux », « faisable », « à discuter en AG »… et, dans le plus épais, « pour les faire chier ».

Par exemple, avec l'aide d'associations de la région, qui se nommait à présent les Hauts-de-France, on a décidé d'installer jusqu'à trois campements, viabilisés, de Roms et migrants, sur des terrains privés, les « nôtres », attenant aux fermes occupées.

Les proprios n'y virent aucun inconvénient. Car, tous les jours, ces nouveaux arrivants participeraient aux travaux des champs qui, eux, ne verraient jamais autant de gusses s'occuper d'eux avec douceur.

Même les patates ronronneraient de plaisir.

Tout ça s'est fait à vitesse grand V.

Et ça a ramené un paquet de journalistes, de cinéastes militants. Une couverture de presse en béton. Des réseaux sociaux omniprésents. Des étudiants en devenir. Des lycéens en goguette. Quelques syndicalistes à la recherche d'une nouvelle façon de s'opposer au Grand Laminoir.

La sauce prenait.

En face, silence. Rien. Pas de nouvelle, mais on savait

bien que l'ennemi était tapi pas très loin, comme en 14, dans sa tranchée, attendant le moment propice. Tout le monde était d'accord pour penser que la plateforme multimodale était toujours dans les cartons pourris des politiques, des « décideurs », de certains syndicats, des bétonneurs professionnels et d'une bonne partie de la population. Une nouvelle mouture apparaîtrait forcément un jour ou l'autre.

Donc, d'une certaine façon, on en était au même point qu'avant.

La balle au centre.

Il y aurait un match retour.

Tandis que moi, comme un putain de Tibétain, je cherchais toujours la Voie. Et ça me bouffait la tête.

Mais ce n'était pas trop douloureux.

Car il y avait Claire, la jeune fille rousse qui, le soir de mon retour, m'avait servi une tranche de son merveilleux chou farci. Tu parles d'une carte de visite. Et qui m'avait pris, petit à petit, sous son aile tiède. J'y allais doucement, la différence d'âge, et je n'avais aucune envie, en ce moment, de m'attacher à une personne qui risquait, elle aussi, de se barrer aussi sec dans les Pyrénées avec un tatoué de passage. Ce n'était plus de mon âge de tomber amoureux, mais c'était très agréable d'avoir les sens remplis d'une féminité nouvelle, d'un fruit de saison. Car plus indépendante que cette sylphide, je n'avais encore jamais vu. Filant entre les doigts comme du sable de la baie de Cork. Encore une image à la noix. Et revenant se blottir dans l'ombre du Viking hard-core auquel elle devait me comparer, on peut rêver… En me prenant comme un couvercle blindé.

C'est elle qui maintenait la pression. Ingénument. Mais j'étais sûr que cette jeune fille avait tout compris. Une sorcière. Pleine de taches de rousseur.

Elle était en fac, section langue et littérature allemandes, mais j'avais la vague certitude qu'elle n'y retournerait plus, ayant choisi son camp, le durable et le zadisme tous azimuts. Pourquoi ? Je ne savais pas encore... Peut-être des frictions avec la famille, peut-être un fiancé qui avait changé de camp, peut-être, tout simplement, l'énergie destructrice de l'adolescence prolongée.

Quelquefois, dans les champs imbibés, on allait se balader avec Francis, un étudiant chercheur en éthologie, qui s'était mêlé aux zadistes, et qui nous apprenait plein de trucs sur les grenouilles et les crapauds. J'aimais bien, coâ coâ, ces balades, surtout parce que Claire, pour franchir les fossés, me tenait fermement la main.

La veille, dans le Toyota, elle avait étendu ses longues jambes, les passant par la fenêtre, et m'avait balancé, une Goudale à la main, tout de go :

— Toi, t'as besoin de dureté. Pour que tu sois content, il faut que tu te radicalises.

— Ça veut dire quoi ?

— Ça veut dire ce que ça dit.

— Je ne vois pas.

— M'emmerde pas, tu vois très bien...

J'avais du mal à décrypter, car ce que je percevais le plus, c'était ses jambes et le dessous élégant de ses genoux baignés de soleil froid. Claire en a profité. Elle a relevé sa jupe, libérant les cuisses pour les exposer à la douce chaleur.

— Tu sais très bien que tu ne retrouveras jamais ta vie d'avant, mon cher Camille… Pour au moins une bonne raison, c'est que tu n'en as pas envie. Pour l'instant, là, tu t'agites. C'est bien, ça nous aide… Et tu me dragues vaguement. C'est bien, ça me fait très plaisir, je t'assure. Mais tu piétines, ça se voit comme le nombril au milieu du ventre.

Je n'ai rien répondu. Je pensais trop à son nombril. Je pensais au mot « ventre »… Si j'en venais à me défendre, je pouvais devenir facilement injuste, je le savais. Ce qui voulait dire qu'elle avait, bien sûr, raison. Elle en a profité bassement.

— Je sais que tu brûles de me balancer un truc du genre : et toi ? Et je te répondrai : moi, j'ai dix-neuf ans, j'ai le temps, je me forme, j'attends d'être prête, c'est un peu comme le mercure, faut que ça s'accumule dans le corps, milligramme par milligramme, avant que ça devienne dangereux.

Je suis resté silencieux. Buté. Coincé. Je n'avais aucune envie de me friter avec une ado sortant d'un cours de philo.

Alors Claire s'est penchée et m'a embrassé sur la joue.

— Mais t'es un mec super. Enfin… Presque super.

Dans les jours suivants, autour de la ferme des Bournard, on a eu du boulot. Viabiliser les terrains où viendraient s'installer sous peu vingt Roms envoyés par une asso de Béthune. Il fallait amener l'eau courante, avec tuyaux d'arrosage et robinets adéquats, installer des toilettes sèches. Un militant CGT de l'ERDF est venu brancher un compteur de chantier. En nous assurant que ce ne serait pas demain la veille qu'un esclave viendrait relever le kilowatt.

Et moi, j'ai recommencé mes périples, ramasser et collecter toutes les palettes qui traînaient, les bâches abandonnées, les portes qui ne servaient plus et tout le matériel utile, fil électrique, tuyaux, tubes, petit électroménager en état de marche, c'est fou ce que les gens jettent... Les nouveaux arrivants construiraient leur village fantôme à toute vitesse.

Le soir, j'étais anéanti. Mais heureux, dans une petite case de mon cerveau aplati, de retrouver ma petite crypto-irlandaise, installée, avec ses potes, dans ma tanière. Alors, je mangeais avec eux, on parlait de tout et de rien.

Claire, elle, quand elle n'aidait pas aux affaires courantes, passait ses journées devant un ordinateur. Elle farfouillait, surfait, comme on dit, sur sa petite planche, un Mac portable. Je ne sais pas trop ce qu'elle cherchait et elle ne voulait pas m'en parler, me prévenant que c'était personnel. Une vraie interdiction.

Très vite j'allais me coucher, et je m'endormais aussi sec comme une enclume.

Sauf qu'il y a toujours des petits matins blêmes...

Et ça n'allait pas tarder.

Un samedi, lors de la désormais rituelle assemblée générale de la ZAD de Zavenghem, chez les Cragnier, des petits vieux de plus en plus combattifs, nous avions à peine entamé le marathon syntagmatique qu'un des militants est entré comme une fusée, paniqué, dans la grange, en hurlant, appelant à l'aide, une dizaine de nervis venait de débarquer en voiture dans les parages. Des grands, des durs, cagoules à la corse, manches de pioche et barres de fer, et le vocabulaire adéquat.

Nous sommes tous sortis, certains avec des bêches et des fourches, normal, on était à la campagne, et on s'est immédiatement coltiné la violence des assaillants. Ils étaient là pour casser, pour casser vite, pour casser à fond, pour impressionner, et durablement. L'avantage, avec ce genre d'événement, c'est qu'il empêche de réfléchir, de peser le pour et le contre, de négocier. Quand faut y aller, faut y aller.

Une pelle à la main, je me suis posté à l'entrée de la cour, pensant que cette bande d'ahuris s'en tiendrait aux insultes, « À la flotte, les fiottes ! », « Au trou les bobos ! », « Rentrez dans votre Paris de merde ! », « Les gauchos à Moscou ! » (un comble… il devait y avoir des sexagénaires dans le tas), l'insulte la plus usitée étant : « Enculés ! » et ainsi de suite jusqu'au vomissement de l'âme.

Jeune, je m'étais retrouvé un jour dans le pandémonium du *Palio*, à Sienne. Effrayé par la violence brute directement issue d'une toile d'Uccello qui se serait mise à bouger, paniqué par cet aperçu de la Renaissance mêlant meurtre et poésie, j'ai d'abord pensé me mettre encore à l'écart. J'ai vécu longtemps avec, en moi, quelque chose qui pouvait être de la peur. Et il y a eu un dimanche où je me suis retrouvé au milieu de la « bande », à Dunkerque, lors du carnaval des Pêcheurs, pris dans le même angoissant tourbillon, au milieu de quatre-vingt mille travelos en chaussures de ski, là, j'y suis resté, simplement pour clore cette malédiction venue de l'enfance… Quand j'ai sauté pour voir si la foule avançait, je suis resté en l'air. Quand je suis redescendu, j'avais perdu mes lunettes et une godasse. Quand j'ai pensé au Moyen Âge, la foule s'est mise à chanter : « Chantal, t'as mis ton doigt dans mon trou d'balle. » Quand on m'a remis dans le train, j'avais bu dix-huit bières en cinq heures.

Trois des fachos nous ont foncé direct dessus, tentant de nous bastonner par surprise. En un clin d'œil, j'ai aperçu, sous le blouson du mastard de tête, un tee-shirt noir et blanc frappé du logo « SHAM 69 ». Avec mon manche de pelle, pur style Ivanhoé, j'ai essayé de les arrêter. J'en ai frappé un à la volée, je me suis jeté sur le plus proche, le repoussant d'un mètre, je me suis dit, là, sérieux, faut jamais réfléchir, c'est super le

Une stridence très brève, lointaine, une sirène…
Dans le coton.

Comme dans les histoires les plus éculées (et allez tous vous faire), j'ai émergé à cause d'une violente lumière, celle, tout simplement, du jour. Le premier motif que j'ai aperçu c'est le visage solaire, constellé et inquiet de Claire. Ensuite, des murs très blancs, une table en acier avec, dessus, des fioles, des pansements et un haricot en émail. Au mur, une litho avec un palmier grandiloquent et une affichette comme quoi il faut se laver les mains toutes les cinq minutes. Déco relativement nosocomiale. J'ai fermé les yeux. J'étais allongé sur un lit un peu rigide, j'étais torse nu, ça sentait un peu le désinfectant, Claire était assise à côté de moi, donc, pas besoin d'être un devin, j'étais à l'hosto.

Et rien que ce mot a tout déclenché. Une douleur cisaillante à l'oreille droite, la sensation d'avoir un bandage autour de la tête, le souvenir de la bagarre avec les fachos, le hurlement névropathe d'une ambulance, une vague envie de vomir.

Claire m'a pris la main. Maman, Maman…

— Calme-toi, tout va bien. T'as évité le gros trauma.

Pronostic vital.

— Tu t'es pris un méchant coup sur le côté du crâne. Mais pas de fracture. Y a que ta portugaise qui a été aplatie. Les médecins craignent simplement pour ton appareil auditif droit, qui a été, comment dire… bien malmené.

C'était vrai, je n'entendais rien à droite, comme si j'avais dans l'oreille un énorme édredon de coton bien compressé.

— Ils vont revenir ce soir pour te dire tout ça.

Ma chère Claire.

— En attendant, va falloir que tu portes plainte…

Je n'ai rien répondu. J'ai simplement fermé les yeux. Je revoyais le type avec son tee-shirt « SHAM 69 ». Je l'avais déjà vu, ce tee-shirt. À l'hyper. Souvent porté, avec fierté, par un responsable du secteur logistique. Un gros dur avec la gueule de l'emploi, il est parfois difficile de ne pas faire de délit de faciès. En plus, c'était rare de croiser quelqu'un pour vanter ce vieux groupe de skins. Combo qui n'était pas vraiment facho mais dont les fans ultras l'étaient, eux, ce qui avait coupé l'herbe sous le pied de ces punks de province britanniques.

Si c'était lui qui m'avait massacré, de le voir vaguement

condamné à des travaux d'intérêt général, je m'en foutais. Là, sur mon lit d'hosto, je me suis plutôt vu lui casser gravement la gueule.

— Non. Je ne vais pas porter plainte. Ça va prendre des années. J'ai d'autres projets pour ces salauds.

Claire m'a regardé, effondrée.

— Toi ? Tout seul comme un grand ?

— J'suis pas tout seul. T'es là, toi...

Ce n'était plus effondrée qu'elle était, la pauvre petite. Changée en statue de sel. De gros sel. De Guérande. La bouche ouverte.

— Un des nervis travaille à l'hyper. À l'appro. J'en suis sûr. Suffit de le suivre et de savoir où il habite. Surtout s'il a des tee-shirts avec la gueule de Jimmy Pursey dessus...

— Tu sais à quoi je pense ? Quand il pleut des omelettes, le diable enlève les assiettes... Je crois que c'est un proverbe irlandais, ou finlandais, je ne sais plus...

Elle était toute rose d'avoir réussi à énoncer une telle énormité.

— Et ça voudrait me dire quoi ?

— Je ne sais pas.

— On ne joue pas Hamlet sans casser des œufs ?

— N'importe quoi.

— C'est toi qu'as commencé.

— La tienne avant la mienne.

Le soir, même si je ne bougeais pas, tout tournait autour de moi.

Envie tenace de gerber.

Mal au crâne XXL.

Je suis entré une fois, à la fête foraine, dans le fameux « rotor ». Ceux qui regardaient, au-dessus, payaient. Pour ceux qui pénétraient dans le cylindre métallique, à pas comptés, l'angoisse au ventre, c'était gratuit. Il y avait déjà de quoi sérieusement se méfier. S'observant à peine, les volontaires se plaquaient alors contre la paroi, prêts, comme dans un bon film fantastique d'antan, à se transformer peu à peu en mouches vrombissantes. Le rotor se mettait enfin à tourner lentement dans un furieux grincement de rouille. Puis de plus en plus vite. Et alors, le plancher se dérobait sous nos pieds et nous restions accrochés à deux mètres du sol, les cheveux collés à la paroi. Impossible de bouger un seul membre. En haut, on ne voyait pas les spectateurs, qu'un tourbillon de lumière clinquante, on les plaignait seulement d'avoir à tourner si vite, alors que, nous, nous ne bougions pas. Curieuse impression. Quand je pense que ceux qui passent de vie à trépas, et qui en reviennent, disent toujours qu'ils étaient dans une sorte de tunnel, avec de la lumière aveuglante au bout… La fin ne serait-elle qu'une attraction ?

En tout cas, seul, le soir, dans ma chambrette d'hosto, j'entrais immanquablement dans le « rotor ».

Tous les jours pendant une bonne semaine, Claire est venue ainsi ferrailler avec moi. Après son passage, j'avais toujours mon foutu mal de crâne, mais je me sentais bien. Du moins de l'oreille gauche, parce qu'à droite, c'était la cata. Le corps médical venait tous les soirs me dire que mon tambour et mes osselets étaient nazes, ou presque. Le nerf auditif avait résisté, je n'étais pas sourd, mais sourdingue. Nuance. Encore un truc en moins. Après mon boulot, mon hangar, ma copine, mes illusions, tout ça… À ce tarif-là, dans un an, j'allais être réduit à l'état de spectre désincarné, tout juste bon à ne bouffer que de la jelly ou faire la fête à Halloween…

Sinon, Claire a fait, en douce, sans me tenir au courant au jour le jour, sa petite enquête. On ne se méfie jamais assez des jeunes filles. C'est une engeance qui a tendance à chercher la petite bête, puisque les grosses lui sont interdites.

Elle a réussi à loger mon agresseur et même à le prendre en photo. C'était bien lui. Sale gueule de sale con. Travaillant effectivement à l'Écobioplus, mais maintenant dans le congelé et le surgelé, et l'approvisionnement, par camion, de la chaîne du froid. Habitant dans les environs, sur la route de Saint-Omer, où il tenait un rade, le Hersham Corner, accueillant tous les vendredis à la nuit tombée des groupes de rock du genre identitaire ou assimilés. Tous les soirs, un peu après dix-huit heures, après le boulot, il garait le camion « Baltik » sur le parking de son rade, ouvrait ce dernier et repartait en goguette au volant de sa BMW toute neuve et rutilante. Il revenait vers vingt et une heures pour surveiller l'ambiance. En tant que patron, videur et amateur de rock & roll qui ne mérite pas le nom de rock & roll.

— Et tu sais où il crèche, ce salaud ? elle m'a demandé.

— Non, à la déchetterie ?

— Juste à côté de son rade. Rue de l'Avenir. Au 68, rue de l'Avenir. Pas mal, non ?

— Super. Normal. J'ai un pote qui habite 22, rue Poulet,

à Paris. Et j'ai toujours cherché quelqu'un qui habiterait 33, rue Médecin, à Nice. Ou 14-18, rue de la Boucherie…

— Ah oui, bien sûr.

— Ou 69, rue de la Pompe.

— T'es con.

Quand je suis sorti de l'hosto, avec interdiction de faire le zazou, chez moi on m'a accueilli comme si j'étais le meilleur ami de la famille, de passage dans le coin. Ça m'a presque fait plaisir puisque ça me confortait un peu plus dans l'idée qu'il fallait que je change tout, et que cette maison ne devrait plus, dans quelque temps, être la mienne. Tout ça me menait silencieusement à une réalité : abandonner peu à peu ce qui avait fait ma vie d'avant et qui se soldait par un échec, une impasse et la gueule comme un compteur. Entamer un nouveau parcours. Même avec embûches. Comme cette maison n'était presque plus la mienne, je ne pouvais désormais la regarder que d'une oreille.

Néanmoins, pendant une bonne semaine, ne pas rester trop loin de mon lit. Après, je pourrais y aller, mais mollo. Attendre encore avant de récupérer mon polygone de sustentation. C'est ce qu'avait prescrit le Diafoirus en chef. Le « polygone »… ça faisait militaire, tout d'un coup. Oui, mon général…

Me laisser vivre, vaquer comme une ombre, alors que, dans ma tête, c'était Lunapark. Claire, elle, continuait de farfouiller. Elle s'était jetée, disait-elle, dans l'organigramme des Valter. La reine d'Internet. Certes, ce qu'elle trouvait était du domaine public, mais c'était quand même utile. Il y avait des informations assez surprenantes. Comme par exemple, Jurmala. Soi-disant une station balnéaire à côté de Riga, en Lettonie, où la famille Valter possédait une magnifique maison en bois peint, plantée sur une plage de la Baltique. Ça datait d'une cinquantaine d'années, quand Alphonse Valter, le fondateur de la lignée, fricotait, question BTP, avec les Russes, comme un Doumeng du Pas-de-Calais. La datcha de Jurmala, datant de cette époque, était peut-être une espèce de « cadeau » soviétique. Claire m'a montré une photo qu'elle avait trouvée sur un site, une belle baraque en bois, peinte en vert, avec des volets bleus au premier étage, et un énorme rosier près de la porte d'entrée. Mais Claire était sûre d'une chose : même si la Lettonie était libérée de l'omniprésence russe et du joug qui en découlait, la descendance Valter continuait d'y passer ses vacances.

Ça m'a beaucoup intéressé, cette histoire de Jurmala. Riga, j'aimerais bien y aller. Je n'avais aucune idée de ce à quoi ça pouvait ressembler. Mais, en attendant de manger du hareng, c'était Sham 69 qui me prenait la tête.

J'ai eu le temps de regarder d'un peu plus près le cadeau que m'avait fait Bixente. Il y avait de quoi faire sauter la moitié de la République. Avec un mode d'emploi beaucoup plus simple qu'une armoire du Roi Merlin.

Le calme et la volupté. Avec Glütz, le gros chat roux des amis de Claire, qui avait pris totalement possession de la maison et, depuis que j'étais obligé de rester au lit, squattait ma couette comme un cordon-bleu une assiette de cantine. Il m'aidait à affronter le lent défilement du temps. Je passais de longues heures à l'observer, je tentais d'en comprendre le fonctionnement, au moins tout autant que du délicat matos de mon ami basquo-breton.

Les chats, drôle d'engeance.

La joie, intense et respectueuse, de Pauline, mon ex, quand, pour son anniversaire, est arrivé le minuscule Roméo, chaton birman de haute lignée, acquis à bas prix, car portant, aux pattes, des chaussettes différentes, échappant ainsi aux concours mais gagnant une famille autant aimante qu'admirative. Trois mois après, Pauline avait les yeux gonflés comme des paupiettes, toussait comme une locomotive et se traînait le boulet d'une bronchite chronique. Le verdict des tests médicaux fut aussi tranchant que la lame d'une guillotine : allergique à cent cinquante pour cent. L'ordre du spécialiste ne le fut pas moins : c'est vous ou votre chat. Le drame. Inhérent à toutes les séparations. Avec le recul, je supputais que Pauline avait plus souffert de se séparer de son chat que de moi.

Paul Léautaud, qui ressemblait à une vieille chouette de l'âge du bronze, avait la mauvaise habitude de dire qu'il détestait les bêtes mais qu'il adorait les animaux. Il aurait dû réfléchir un peu à ce qu'a énoncé, définitivement, Elias Canetti : « Chaque fois qu'on observe un animal, on a l'impression qu'il y a là un être humain en train de se foutre de nous. » Les bêtes sont, à notre image, formidablement bêtes. Et surtout pas parce qu'elles nous imitent, comme ces chiens qui ressemblent toujours à leurs maîtres. Un écrivain a, un jour, percé le mystère des singes rieurs. Ces primates, groupés autour des zoologues qui les observaient, se marraient comme des baleines en les regardant vivre et pédaler dans la semoule.

À chaque fois que l'on veut agrémenter métaphoriquement une émotion humaine, on choisit un animal. Orgueilleux comme un paon, rigolard comme une hyène, gavé comme une oie, malin comme un renard… la liste est longue, alors qu'il faudrait plutôt dire, paon comme un banquier, hyène comme un comique troupier, oie comme un obèse, renard comme un filou…

Avec ma tête bandée et mes muscles mous, je pensais, en observant le gros et gras Glütz, que l'humanité pouvait tout à fait disparaître, démembrée, irradiée, contaminée. Et que ce ne serait pas très grave. Puisque tout ce qui nous a toujours différenciés de la bête existait en permanence, en évidence, chez elle. J'étais sûr à présent que c'était l'animal qui avait mis en scène, à l'inverse, le théâtre complexe et idiot de l'anthropomorphisme. Mais les bêtes doivent faire attention : à force de croire que les humains leur ressemblent, elles risquent de perdre leur joyeuse innocence.

Allongé, gavé de bouillon de poule, je continuais ma petite auto-analyse. J'évoquais des tas de trucs, sans queue ni tête, en guettant peut-être, dans la masse, une piste, une vérité, un semblant d'avenir.

Et ça partait dans tous les sens, comme ces fusées d'artifice qui loupent leur départ.

Je me suis souvenu, bizarrement, sans doute à cause de la couleur du papier peint, d'une soupe de bulots, sur le port de Granville et sous une pluie fine. Marronnasse, doucereuse, dangereusement onctueuse et ne sentant pas très bon. Surtout qu'un spécialiste pêcheur m'avait alors expliqué, révélé, où l'on trouvait le plus de ces escargots des mers. Je ne le répéterai pas, ça serait nuire au commerce.

Quand j'étais trop rétamé, j'imaginais que j'aurais aimé avoir un rôle dans *Cœur de verre* de Werner Herzog, pour être hypnotisé par lui, oubliant ainsi mes propres capacités à tenir et jouer un rôle. J'ai pensé qu'il serait bien que quelqu'un vienne m'hypnotiser, maintenant.

Encore le chat, sans doute.

La première fois que j'ai récupéré (capturé) dans la cave de mon immeuble un petit chat (qui m'a griffé à mort, mais que j'ai ramené dans mon appartement), il s'est réfugié quelques jours sous le lit, est sorti peu à peu et je me souviendrai longtemps de la première fois où il a osé monter sur la couette. Je n'ai jamais vu, sur le faciès d'un animal, une telle impression de bonheur incrédule.

Toujours les animaux : la première (et seule) fois où mon père m'a filé une claque, ce fut en hurlant que j'étais aussi crétin qu'un jeune chien, parce que je venais de faire sauter les plombs du compteur en essayant d'enfoncer une ampoule à vis sur une douille à baïonnette…

À peu près au même moment, j'avais découvert, au cinéma, deux êtres qui avaient façonné ma vie. Anna Karina, dans *Bande à part* de Godard, et, dans un chef-d'œuvre de Cooper et Schoedsack, l'immense et impérissable King Kong. Ce qui fait que, pour moi, toutes les plus belles actrices ont, immanquablement, une allure de grand primate. Mais il y avait aussi, récurrents, les seins d'Elsa Martinelli, dans *De l'amour* de Jean Aurel, moi, je n'étais pas Aragon, les yeux d'Elsa, pas pour moi, je préférais plus bas.

Glütz s'est allongé sur le lit, en total zigzag. J'ai curieusement pensé à Picasso. Que j'aurais aimé avoir comme père, ou tonton, ou parrain. Vivre tout près d'un génie, habiter près de la mer, voyager, et, surtout, garder, dans de gros dossiers, tous les petits dessins, crobars, esquisses, collages qu'il n'aurait pas manqué de me faire et de me donner. Ce qui, ensuite, aurait assuré ma survie.

Ou alors, le rêve, je crois, pour tout enfant : se penser le fils unique d'Attila et d'Êrekan, son épouse. Pour plusieurs raisons. Crapahuter dans toute l'Europe de l'Est à cheval, goûter le sel amer de furieuses batailles mais, surtout, être sûr d'avoir, tous les jours, un steak tartare à manger. Ça, c'est important pour un enfant. Attila, c'est plus bandant que McDo.

Je sais qu'il est sujet à caution de définir des parents rêvés, parce que les miens étaient déjà des parents de rêve. Mais, quitte à choisir, j'aurais bien aimé aussi faire partie de la famille Addams. Avec Morticia, cette mère vampiresque si douce et gentille, Gomez, ce père déphasé mais tellement chou, chanteur de charme raté mais grand lanceur de couteaux, avec la Chose, cette main coupée douée de raison, avec Pugsley et Mercredi, mes cruels et facétieux frère et sœur, avec Fétide, l'oncle, le terrifiant et névrosé chauve lunaire. La famille parfaite…

À chaque fois que je m'enfermais délicieusement dans les rêves, les souvenirs, les coqs à l'âne lamentables, tout en caressant mécaniquement mon chat tranquille, Claire revenait à la maison, et le simple grincement de la barrière du jardin était, pour Glütz, un signal, sans doute, va savoir, celui du ventre. Il sautait du lit et s'enfuyait dans l'escalier.

Un soir, elle m'a apporté un petit roman d'un auteur

suisse, Daniel de Roulet. Interloqué, je l'ai lu d'une traite, c'était incroyable, cette fille lisait en moi, comme, justement, dans un livre. C'était la confession d'un type, un architecte qui, plus de quarante ans après, prescription obligatoire, avouait avoir incendié la résidence d'Axel César Springer, un chalet luxueux en haute montagne, du côté de Gstaad. Pour se venger de ce surpuissant magnat de la presse allemande qui avait appelé à l'élimination du leader gauchiste Rudi Dutschke, victime d'un attentat. Même si le responsable étudiant ne fut pas tué sur le coup, il mourut peu après des suites de ses graves blessures. Or la vengeance de l'architecte helvétique était également guidée par l'amour, celui pour une jeune femme aussi trépidante que lui. Claire voyait donc, en moi, des parallèles, une vraie sorcière… Cela dit, l'auteur de ce livre calme et contemplatif découvrait ensuite que la vie d'Axel Springer, ce personnage qu'il haïssait, était marquée par la douleur et la folie, suicides et divorces en pagaille dans son entourage.

— Pourquoi, exactement, tu m'as offert ce roman ?

— Comme ça… Parce que c'est tellement bien écrit…

— C'est ça. Fous-toi de ma gueule…

— C'est pas la peine de devenir grossier.

— T'as raison. Excuse-moi. Fais pas ta rosière…

Elle attendait sans doute que je continue, mais je me suis tu.

Je venais de me souvenir, brutalement, d'Orfamay Quest. La jeune fille problématique du polar de Raymond Chandler, *The Little Sister*, la petite sœur, traduit lamentablement sous le titre *Fais pas ta Rosière*. Où une gisquette, très propre sur elle, pas loin d'une collégienne, menait par le bout du nez, mensonges après affabulations, le pourtant dur à cuire et cynique Marlowe, jusqu'à le jeter dans le drame et la complexité. Et cette oie blanche se révélait peu à peu comme un vautour noir.

D'ailleurs, tout s'est un peu accéléré. Simple comme bonjour. Planifié. Pas trop de risques.

Le plus étonnant, c'est que je n'ai pas hésité une nanoseconde.

Avec l'aide du bon pâté du docteur Bixente, dès que j'ai été valide, j'ai piégé, en même temps, la BM et le camtar frigo du facho fanatique du mouvement Oï. À la nuit tombante. Avec les lumières d'une autoroute au loin. De ma seule oreille valide, j'entendais, venant du rade, le son puissant de standards punks qui aidaient le proprio et ses sbires à mettre tout en ordre pour accueillir, dans la soirée, un groupe de Calais, Jungle Fever. Ranger la salle, pousser les tables contre les murs, virer les sièges et préparer les pompes à bière. Ça m'avait laissé le temps nécessaire, dans l'obscurité, pour installer le matos. Ensuite, je suis sorti par l'arrière du parking, j'ai repris la Clio qu'un de mes « locataires » m'avait prêtée, j'ai roulé une centaine de mètres, me suis arrêté sur le bas-côté, j'ai sorti le vieux talkie-walkie trafiqué par Bixente, j'ai composé les deux codes magiques et deux sourdes explosions ont secoué les alentours.

Hop, la première, la deuxième, la troisième et, en chantant, j'ai repris la route pour revenir à la maison. C'était grisant.

Je comprenais, en même temps, mon ami basque et le romancier suisse.

Je m'étais élevé à leur niveau.

Tout seul, comme un grand.

J'étais surtout sorti, avec les honneurs, de la première partie de ma vie.

Ému. Cela faisait longtemps que je n'avais pas éprouvé cette petite crispation de la tête, cette boule piquante et stridente que font les nerfs sans prévenir, cette envie de chanter n'importe quoi, tiens, par exemple, *Les Neiges du Kilimandjaro* de Pascal Danel. Comme la fois où j'avais découvert, au musée d'Orsay, la petite *asperge* de Manet, si floue, si délicate et, en même temps, plus tonitruante que le *Radeau de la Méduse*. Ou l'aigle géant, sur le toit de l'usine Fernet-Branca, à Saint-Louis, qui ressemble tellement à ce qu'on éprouve quand on avale la liqueur en question. Et la neige, en mai, au sommet du Canigou, derrière le château rose de Salses. L'intérieur de la pochette de *Beggar's Banquet* des Rolling Stones. Et, décidément, les seins d'Elsa Martinelli, le *Retable d'Issenheim* de Grünewald à Colmar… Sans oublier la jouissance absolue de se trouver face à un gros massif d'hortensias bleu ardoise. Des joies simples, en quelque sorte.

Mais de grands moments…

Glütz avait l'air très content de me voir revenir. Il est sorti en miaulant de la chambre de Claire et s'est blotti contre moi, comme s'il m'avouait qu'en fin de compte, c'était moi le chef. Je me suis endormi aussi sec, d'un sommeil d'empereur. Sombrer profondément, un vrai Titanic.

Deux jours après, à sept heures du matin, les flics étaient là. Deux lardus, jeunes, pointus, un peu gauches, sans doute impressionnés d'entrer dans ce lieu de débauche et de rébellion. Inquiets et hésitants, se demandant s'ils n'étaient pas en train de pénétrer dans un campement d'Ouïgours. Je prenais mon petit déjeuner. Biscottes et confiote de rhubarbe.

Je les ai contemplés sans moufter, le genre dur de dur, pas ému du tout, qui a déjà tout vu et notamment la prise de Mossoul. Du coup, de leur côté, patte blanche et savonnage…

— Excusez notre intrusion, mais nous devons mener une enquête préliminaire, sous la responsabilité du procureur de la République.

— Vous voulez du café ?

Ils n'ont pas répondu. Le plus jeune a sorti un papier.

— Il faut signer ça, c'est votre accord écrit pour une perquisition.

— Et si je ne signe pas ?

— Ça voudra dire que vous avez quelque chose à cacher. Et après, tout le tremblement, juge d'instruction et commission rogatoire…

— Houla !

— Comme vous dites…

J'ai tendu la main, pris le papier et signé en bas, à gauche. Ils se sont immédiatement détendus.

— On veut bien un café.

— Asseyez-vous, je vous en prie…

— Merci.

Ils avaient parlé pratiquement en même temps. Et je les avais parfaitement entendus. À droite et à gauche. Merveilleuse stéréo. J'avais récupéré mon oreille. J'étais guéri. Baume au cœur. J'ai sorti deux tasses, les ai remplies à ras bord.

— Le sucre est là.

— On voudrait simplement savoir où vous étiez avant-hier soir, vers dix-neuf heures.

— Pour quelle raison ?

— Un certain Michel Bronne, gérant du bar le Hersham Corner, a été victime d'un attentat visant ses biens. Son véhicule personnel et son véhicule de travail ont été détruits, criminellement, par explosion.

— J'ai vu ça dans le journal.

— Et il a émis l'hypothèse que vous y seriez peut-être pour quelque chose, une vengeance, si vous préférez…

— Une vengeance de quoi ?

— Nous ne savons pas vraiment.

— Faudrait lui demander, ça risque d'être instructif.

Et Claire est entrée, théâtrale. Timing parfait. Elle devait écouter derrière la porte depuis un bon moment. Une fée. À peine vêtue. Une simple chemise presque transparente. Les deux flics changés en statue de sel de céleri.

— Il était avec moi, elle a dit d'une voix à la Lana Turner. Nous nous étions couchés tôt. Nous avions plein de choses à faire…

La Loi se tut. Cherchant la parade. Claire en profita.

— Vous allez sans doute me demander de le prouver. Ça va être difficile. Mais Camille a une petite tache de vin sur la fesse gauche, c'était la première fois que je la voyais. J'aurais dû la voir avant, depuis le temps, mais, comprenez bien, j'avais un peu la tête ailleurs... Excusez-moi de ne pas vous donner d'autres détails, c'est quand même gênant.

— En plus, j'ai rajouté, je sors à peine de l'hôpital, j'ai perdu l'usage d'une oreille, je ne me vois pas, dans mon état, me lancer dans ce genre de feu d'artifice... Je parle, bien sûr, des explosions...

Ils n'ont rien rajouté, me regardant avec aménité. Je me doutais qu'ils se demandaient comment un type aussi normal (et nul) que moi pouvait se taper une enfant d'au moins vingt ans de moins. Alors, j'ai enfoncé le clou.

— Vous pouvez mener votre perquisition, pas de problème. C'est un peu le souk, ici, mais si on peut vous aider...

J'étais tranquille. Tout le matos fourni par Bixente était parti en fumée. Rien ne pouvait me lier à l'attentat contre mon agresseur d'un soir. C'était le monde à l'envers, c'était cet enfoiré de Bronne qui avait sans doute porté plainte, le monde que l'on vit...

Les flics n'ont rien dit d'intéressant de plus. Ils ont vidé leurs tasses, les lèvres un peu pincées, et se sont barrés en nous saluant à peine.

Alors, j'ai regardé Claire. Mais c'est elle qui a évacué la tension.

— Au lit, t'es juste valable. T'as encore des progrès à faire...

Et de rire, clairement.

J'étais scié. Quoi dire ? Lui demander comment elle savait, pour ma fesse gauche ? La remercier aurait été ringard.

L'esprit d'escalier. Je n'ai jamais eu le réflexe de répondre à ma mère qui me disait toujours : *t'as manqué une bonne occasion de te taire*, par une formule bien sentie du genre : *ce qui, en tout cas, n'est pas ton cas*. J'ai pris ma petite voix.

— Claire, mon oreille… Elle semble guérie…

— Je suis contente. Et ça fait deux à un.

— T'aimes bien les chiffres, toi…

— Exact. Et les nombres aussi… Si je te dis 22 ?

— 22, v'là les flics !

— Oui, mais aussi le 22 Mars, 22, les Côtes-d'Armor, le 22 à Asnières de Fernand Raynaud…

Elle voulait jouer, alors en avant.

— 666 ?

— Le nombre de la Bête… elle a répondu illico. Et le 14 ?

— Je ne sais pas. 2 fois 7 ?

— Mais non, réfléchis, 14, c'est le nombre de jours dans une quinzaine. Étonnant, non ? D'ailleurs, dans plein de pays anglo-saxons, ça désigne le treizième étage, histoire de superstition… sauf en Italie où c'est le dix-septième étage qui n'existe pas. Parce que c'est l'anagramme, en latin, de VIXI, j'ai vécu, je suis mort. Le 17, c'est aussi le numéro de la police et des Charentes-Maritimes. Et le nombre de syllabes dans un haïku japonais…

Elle me cherchait. J'allais lui en donner. Le respect, il n'y a que ça de vrai.

— Dis-moi, belle enfant, et le 11 ? Et ne me dis pas que 11, pour les maçons, c'est une « chiée », parce que « onze fait chier »…

— Je ne sais pas, elle a pouffé.

— C'est le nombre de Perec, Georges Perec. Sa mère est morte un 11 février. La onzième lettre de l'alphabet, c'est le K. Dans son roman : *Quel petit vélo à guidon chromé au fond de la cour ?,* onze mots, les deux personnages principaux se nomment Pollak Henri, onze lettres, et un certain Karaschmerz, onze lettres aussi…

— Arrête de frimer… Bon, on arrête ?

— Dommage, parce qu'il y a aussi 102, 1664, 33…

— Et 28.

— Pourquoi 28 ?

— C'est à vingt-huit kilomètres de Riga que se trouve Jurmala…

Je l'ai regardée, paniqué.

— Pourquoi tu dis ça ?

— Pour rien. Comme ça.

Je n'ai pas eu la force de réfléchir. Mais j'ai senti qu'il y avait là quelque chose de terrible.

4

Je n'avais plus que quatre, cinq mois devant moi. Financièrement. Fallait se bouger. Savoir ce qu'il y aurait après.

Même si, maintenant, je m'en foutais. Je suis bien. Avec Glütz, la couette vibrante. Avec Claire, on s'amuse toujours. Intelligemment. J'ai beaucoup réfléchi, je crois qu'elle cherche à me manipuler, j'en suis sûr, à présent. Me pousser à l'irréversible, et je ne sais pas trop ce que c'est, l'irréversible. Mais c'est bon de se laisser faire. J'arrêterai quand ça deviendra un peu lourdingue. Ou quand je comprendrai pourquoi.

Nous avons été convoqués par les flics pour signer nos « aveux » et notre déposition. L'impression de se retrouver devant un notaire. Moi, Camille Destroit, et Claire Mernotte. Mernotte… Je n'ai toujours pas trouvé pourquoi ce nom, le sien, me disait quelque chose. Ça devait être une fausse réminiscence, et puis ce n'était pas très important, ce n'était qu'une tache de rousseur en moins.

En plus, la maison poulaga m'a fait sentir, en loucedé, que la justice m'avait oublié, suite à mon arrestation, celle intervenue après le démantèlement de la ZAD. On m'oubliait parce que j'étais devenu, après, une victime. Donc, à leurs yeux, j'avais, dans une certaine mesure, payé. Et comme je n'avais pas *aggravé* mon cas, un comble, comme je n'avais pas porté plainte, la honte, et donc nourri tout ce bordel, au secours, encore une fois, un partout, la balle au centre.

Je n'étais pas, bien sûr, d'accord avec ce constat de nain. En plus, mon oreille s'était brutalement rebloquée. Comme si, quand elle voyait un flic, elle faisait l'escargot, rentrant dans sa coquille. J'étais repassé en mode mono, je n'étais pas guéri, loin de là. Aucune envie d'en parler à un quelconque Diafoirus, qui m'aurait aussitôt envoyé faire douze mille contrôles ou analyses. J'avais autre chose à foutre.

Aujourd'hui, l'AG des opposants de la ZAD se déroule chez moi, dans ma maison. Du coup, Glütz s'est planqué dans une armoire du premier étage. Il y a une cinquantaine de vociférateurs, dont quelques-uns de nos avocats et un type membre du Conseil régional, un anonyme, un traître, mais dans le bon sens, appelons-le un informateur, qui a cru bon de venir nous prévenir : le bordel allait obligatoirement recommencer. Ce qu'on prévoyait. Mais, là, c'était quasi officiel.

Moi, dans un coin de la grande pièce du rez-de-chaussée, j'ouvre les bouteilles parce que ça picole sec, nos potes en avaient ramené des millions, sans étiquette, du bio, du naturel, de la piquette, mais qui chauffait impeccablement les esprits, hommage tardif à Jean Ferrat, ce con. Je jouais du tire-bouchon depuis deux heures, heureusement j'avais un « De Gaulle », l'appareil qui lève les bras.

Le type de la Région nous prévenait donc que l'enquête publique avait été réformée et qu'elle serait présentée à la population d'ici un mois, à peine, ça allait très vite parce que la société Valter faisait le forcing, menaçant, si ça traînait, de foutre un paquet de travailleurs au chômage.

Les hurlements ont fusé quand il nous a précisé que Jérôme Valter, le fils, le n° 1 de la boîte depuis le décès de son vieux père, avait, mettant les rieurs compassés de son côté, trouvé ce que voulait dire ZAD, c'est-à-dire : Zoo À Déblayer.

J'étais content. La clique Valter & Frères se remettait en première ligne, l'ennemi *number one*, c'était eux.

Tout à coup, ça me concernait et je ne savais toujours pas pourquoi.

De Gaulle levait les bras quand notre informateur nous livrait une nouvelle réconfortante.

Pour moi, ZAD, ça voulait dire : Zorro À Devenir…

Tout se simplifiait : c'était désormais la guerre, la base absolue des motifs primitifs. Il y avait grosso modo, comme au temps des dinosaures, deux tribus qui décidaient d'en découdre jusqu'à plus soif. Les Valter, il allait falloir les calmer. Non mais…

Je contemplais mon tire-bouchon, même pas le truc immémorial que les antiquaires vendent au prix du Château Petrus 1947. Un machin d'aucune valeur, dormant dans un tiroir lamentable en compagnie d'un économe, jamais le même, celui-là, il disparaît dans la poubelle toutes les semaines, d'un coupe-pizza à roulette qui pleure la nuit en hurlant qu'il est inutile, d'un couteau à pain qui se plaint de la victoire des miches en tranches, d'un rouleau d'élastique à rôti et de trois piques à escargot recluses depuis dix ans dans la même position. Un tire-bouchon, c'est toujours en vadrouille, on pique sa crise quand on ne le trouve pas. « Où il est, ce putain de tire-bouchon? hurlait incessamment mon père. — À Baden-Baden ! » rigolait, à chaque fois, ma mère qui n'avait pas oublié l'angoisse des événements de Mai.

Le type de la Région nous prévint également qu'il y aurait un raout quasi officiel pour annoncer l'événement et informer la population que, ce coup-ci, ça ne rigolerait plus, que tout serait fait pour que l'opération réussisse et que ce ne serait pas une petite horde de chevelus anarchisants qui empêcherait, un, la réussite industrielle de la Région, deux, la création de centaines d'emplois, et trois, le respect démocratique des décisions prises par une majorité de citoyens...

Moi, j'étais un De Gaulle. Pour l'instant, plus ou moins planqué dans un tiroir. Mais j'allais ressortir, c'était sûr, ce bordel ne pouvait pas continuer, majorité citoyenne ou merde. Y a des bouchons qui allaient sauter. En levant les bras...

Dans les jours qui suivirent, il y eut plusieurs réunions des zadistes pour délimiter une stratégie et imaginer une tactique. J'ai bossé comme un malade de façon à ramasser le plus possible de palettes et de matériel, pour solidifier les futures barricades qui allaient bientôt fleurir dans la région, comme des coquelicots dans un champ en jachère. La commission info a mis aussi les bouchées doubles. La presse nationale allait être informée de la reprise des hostilités. Une grande radio est venue faire un reportage. Ne manquait plus qu'un film pour couvrir toutes les façons d'alerter le pékin. Personne ne pourrait affirmer qu'il ne savait pas, si jamais les choses tournaient mal.

Plusieurs fois, je me suis promené avec Claire dans les sortes de landes où allait être, peut-être, construite la plate-forme multimodale. Elle en connaissait un sacré rayon sur la flore locale. Il y avait notamment des zones squattées par de petites fleurs, mauves, presque violettes, des arabettes. C'était un problème d'ailleurs : rares, très rares, elles avaient la réputation de pousser sur des terres pourries par des métaux lourds. Ce qui était un argument pour les promoteurs, qui trouvaient presque écolo de bétonner à jamais ces zones à risque.

Deux fois, on a vu des salamandres qui étaient une des causes de tout ce bordel. Ce petit batracien qui avait fait en sorte que je perde mon boulot, mes illusions et, un instant, l'écoute.

Et quand je demandais à Claire pourquoi et comment elle savait tant de choses, la réponse était toujours la même : moi, je lis beaucoup, ce n'est pas comme certains.

Et puis, il y avait des vaches…

— N'oublions jamais que la vache est notre seconde maman… j'ai dit, rêveusement.

Claire a souri.

— « J'ai un souvenir très violent de l'innocence des vaches », a écrit Duras. Normal, Marguerite, c'est un prénom de vache…

Elle de rigoler bêtement.

— Il y a pis, si j'ose dire. Debussy : « De tout temps, la vache a été ressentie par certains comme une secrète insulte. »

Moi, la meumeuh, ça me ramène toujours à Goya. À ses visions noirâtres où plane souvent l'ombre de cornes tordues sur fond de ciel désespéré. Je pense à l'Art. La vache, c'est l'Art. Et surtout pas tauromachique. Et je dis, encore et encore, à tous ceux qui aiment la corrida, « vous êtes des ignares, de dangereux crétins et des bourreaux de la pire espèce, ceux qui imposent une esthétique à la boucherie ».

On avait beau être tout seuls dans la forêt amazonienne, jamais je n'ai osé lui prendre la taille, même pour l'aider à franchir un fossé. Les autres devaient croire qu'on couchait ensemble, mais, en réalité, il n'y avait pas plus Princesse de Clèves que nous. Des fois, ça m'énervait et je me laissais aller à des colères ridicules. Comme un matin où Claire m'avait demandé d'aller acheter du pain, en précisant : des baguettes « tradition ». Là, je n'ai pas pu me contrôler, c'est parti tout seul.

— La tradition… Quelle connerie… Pour moi, la tradition veut dire encore quelque chose, c'est du passé culinaire glorieux. Comme le beurre à la baratte servi à la louche et non en parallélépipèdes colorés emballés dans du papier vaguement métallisé. Comme le sel marin qui, désormais, en sachets, paraît arriver direct des marais salants océaniques, même si c'est pas vrai.

— T'énerve pas, c'est pas bon pour ton oreille…

— Dans les boulangeries qui font de la baguette tradition, il devrait y avoir des paysans vêtus de larges blouses bleues constellées de paille, de cagoules blanchies par la poussière, portant dans leurs bras noueux d'énormes gerbes de blé. Et je les imagine, dans le sous-sol ombreux de la boutique flambant neuve, battre le blé, le trier, le piler, en faire de la bonne farine, en chantant des hymnes à la nature bienfaitrice. Avec d'autres mitrons, habillés eux aussi de lin immaculé, recouverts de poudre blanche, qui malaxent la pâte, la tournent et la retournent, dans de beaux pétrins en bois luisant. Alors de jeunes apprentis rougissants amènent des seaux en zinc remplis à ras bord d'eau pure et claire qu'ils ont été chercher dans la rivière toute proche, où s'ébattent truites et écrevisses. Pendant que d'autres jeunes en formation empilent, dans un énorme four en pierres et briques, du bois sec et sélectionné pour ses essences, bois sec qu'ils ont rapporté de la forêt voisine où s'ébattent des biches et des blaireaux. Ils mettent le feu à ce bûcher bienfaisant, laissent brûler, retirent la cendre et enfournent la pâte à pain dans la touffeur du four. Quelque temps après, la vente est assurée par d'accortes mitronnes en costume régional, parlant le patois local, et non de revêches matrones en Zadig et Voltaire…

Claire hésitait apparemment à appeler des infirmiers psychiatriques à la rescousse.

— Alors qu'au sous-sol, il y a une véritable usine électrique ou à gaz qui ne sait pas trop faire la différence entre la baguette normale et la fameuse baguette tradition, qui, n'importe comment, arrivent toutes sur place en pâte surgelée… Merde !

— Mais pourquoi tu t'énerves ? m'a dit Claire, pas dupe du tout, au bord du fou rire.

— Non, mais c'est vrai quoi…

— T'es con, mais si tu le penses…

Et de me faire une bise appuyée sur la joue. Et de glisser sur le côté pour m'embrasser, chastement, sur les lèvres.

Mon oreille s'est débloquée.

En face, ça s'excitait. Des puces, des morbaques, des acariens. Commençaient à fleurir, sur nos belles prairies des Hauts-de-France, les sempiternelles réunions d'information pour préparer la population au bétonnage des pourtours de ses lotissements. Valter et ses sbires reprenaient petit à petit du poil de la bête, même s'il était roussi. À nous que ça se transforme en pelade. Les amis que nous avions, disséminés un peu partout, nous prévenaient de toutes ces agapes, organisées dans des préaux et des salles polyvalentes. Des militants de notre bord se dévouaient pour, à chaque fois, aller y porter la contradiction, à défaut d'y foutre le feu. Jamais les mêmes. Il n'était pas bon d'être repéré, fallait faire gaffe, mon oreille en était la preuve.

Et puis un jour, des flyers nous ont été envoyés par des sympathisants nous informant d'une réunion publique à La Coupole en présence d'un des responsables du projet, une sommité politique de la région, ancien sénateur, un vrai pitbull, un habitué des joutes orales les plus échevelées. Un allié de la famille Valter, m'avait précisé Claire. Nos comités étaient sur les dents. Ne surtout pas les laisser raconter n'importe quoi. Fallait y aller, nombreux, et faire attention à tout ce qui pourrait être dit. Attention également à tout ce qu'on dirait, nous, le mec ayant la réputation d'être puissamment procédurier.

L'accès était libre et il y aurait un pot. Youpi.

Picoler gratos. À la santé des instances… Même s'il n'y

aurait que du cidre, du mousseux et du Fanta. Va savoir pourquoi, mais c'est en évoquant le saumur tiède que j'ai eu l'idée du siècle. De notre siècle pourri.

J'ai décidé d'accompagner les camarades à cette réunion publique pour tenter le truc le plus con et le plus salaud du monde.

J'ai ensuite passé trois jours à chercher la clef des songes, c'est-à-dire un peu d'acide lysergique. Pour les non-voyants et les malentendants, du LSD… Je me souvenais avoir lu les Mémoires d'un certain Hofmann, chimiste aux usines Sandoz, en Suisse, qui, après une vingt-cinquième opération sur l'ergot de seigle, étant sûr que ça y était, que la synthèse était parfaite, en avait avalé une superdose, avant de rentrer chez lui en vélo. Et c'est quand de grands éclairs violet et orange se sont mis à traverser l'autoroute et son biclou, qu'il s'était dit qu'il en avait pris peut-être un peu trop. Il ne savait pas encore qu'il passerait ensuite six mois en hosto psy.

Un type, vivant dans la ferme des Bournard, et qui avait vraiment la gueule de l'emploi, m'en a trouvé assez facilement, mais ce sont des réalités sur lesquelles il ne faut pas s'appesantir. En plus ce n'étaient pas des buvards, mais juste un peu de poudre rose. J'ai pensé un instant aller au bord de la mer avec Claire, en prendre, et sentir sur nos peaux nues les milliards de gouttes d'eau glisser avec, en fond sonore, du Grateful Dead à pleins tuyaux. Mais j'ai tenu bon.

Et le jour venu, à La Coupole, un gros bourg tranquille mais, là, englué par une bonne centaine de bagnoles, la réunion a eu lieu. Nous y sommes allés, avec deux de mes

« locataires » et Claire, qui ne me quittait pas d'une semelle. Quelques flics en civil dans les parages, surtout à l'entrée de la salle, et des CRS, plus loin, sur la route, au cas où. Pas l'ombre d'un des nervis habituels, ceux aux bonnes trognes d'intellectuels. Le débat a démarré sec. Les orateurs se sont succédé et les contradicteurs ont suivi le mouvement. Ça a pas mal gueulé, mais pas, de notre part, d'évocations colorées, de noms d'oiseaux, c'était la consigne. L'assistance m'a semblé partagée, mais va savoir. Tout ça est resté grosso modo bon enfant, ce qui m'arrangeait. Et, après deux heures au moins d'arguties alambiquées, le moment du fameux pot est venu. Là, il fallait la jouer fine. Tout le monde s'est jeté sur les tables recouvertes de papier blanc… L'assistance avait l'air contente et satisfaite. C'était vrai que ceux de notre bord avaient bien relevé le gant, ils avaient même réussi à convaincre certains, encore indécis, de l'inanité dangereuse du projet.

Avec, caché dans la main, mon tout petit sachet de poudre magique, j'ai zoné près des grandes tables, tentant de m'approcher des diplômés, et notamment de l'émissaire de la Région. Il devait avoir vraiment soif, il en était à son troisième verre plastique de saumur. Je me suis surpris à le trouver assez sympathique, rondouillard, pas bégueule du tout. Mais bon, c'était l'ennemi, l'un de nos ennemis.

C'est à ce moment que j'ai aperçu Claire qui se dirigeait vers moi, raide comme la justice.

— Qu'est-ce que t'as l'intention de faire ? elle a attaqué, directe.

— Moi, rien. J'essaie de m'emparer d'un verre.

— Tant mieux. Parce que, ce soir, on a gagné. Faudrait pas tout gâcher. Pas gâcher notre image. Surtout pas.

— T'inquiète.

J'ai réussi à boire un verre de cette saloperie de mousseux, à grignoter des clones de bretzels et je me suis barré.

J'ai rangé soigneusement ma poudre magique dans mon portefeuille, derrière la carte bleue, aussi bleue qu'un uniforme de CRS.

En montant dans le Toyota, je ne savais plus où j'en étais.

En plus, Claire avait le don de double vue.

Pendant presque une semaine, je me suis senti énervé, impuissant, visqueux, cherchant à retrouver quelque chose de haineux en moi. Même Glütz, j'avais du mal à le supporter. Je ne savais plus quoi faire, et surtout comment calmer cette tension envahissante qui me foutait les nerfs en queue de singe. J'ai pensé à me refaire une virée en Bretagne, auprès de mes bonobos locaux. Mais c'était *refaire*. Moi, ce que je voulais, c'était *faire*.

Et puis, on a eu de la visite. Des militants venus de l'Est, d'Allemagne ou plus loin, mais va savoir, ils étaient plutôt du genre secret. Cela dit, pour rester invisibles, ils devraient arrêter de s'habiller en noir, de faire la gueule et de s'abriter sous une capuche en polaire. Le jour où tous les libertaires se baladeront en chemises hawaïennes, avec un parapluie rose à la main, ils seront moins repérés par tous les tenants du délit de sale gueule.

Tout le monde parlait l'anglais. Claire a très rapidement copiné avec l'un d'eux, un grand type, un sombre échalas, jeune, cheveux mi-longs, genre accordéoniste serbe. Pour enfoncer le clou, Glütz a suivi le mouvement et ne quittait plus la grande saucisse. J'avoue avoir été jaloux, mais après réflexion, je me suis calmé. Qui étais-je pour m'accaparer, même mentalement, une jeune fille ? Mon mal-être a duré un petit moment, mais ça a passé. Claire l'a senti. Elle a tout fait pour que de doublette désuète on passe à triplette honnête.

Ce type venait de Lituanie, vivait à Berlin, était de toutes les luttes, passant, à chaque fois, à travers les mailles du filet grâce à son boulot, journaliste sur le Web, pilier d'un site très connu en Europe. C'était pour cette raison qu'il était là, parmi nous, pensant qu'il y avait, ici, toutes les raisons pour que ça pète, rapidement et durement.

J'ai vite compris que c'était un militant de la nébuleuse No Border, et ça m'a filé un bon coup de vieux, car il représentait *vraiment* la lutte, le romantisme, et un certain professionnalisme. Tout pour plaire. Tout pour plaire à Claire...

Il y a eu ensuite une floraison de réunions informes et agitées. Un peu partout dans le coin. Comme si se pointait une primaire ou une merdouille comme ça. Beaucoup de ces sauteries n'étaient pas, comme d'habitude, chiantes comme la pluie. Bien au contraire.

D'autant qu'on emmenait avec nous toute la bande qui militait pour la construction du fameux Center Park Picasso à la place de la plateforme multimodale. Pour rigoler. À chaque fois que l'un de ces zozos se lançait dans des explications, toutes plus démentes les unes que les autres, je ne pouvais pas m'empêcher de me marrer comme un phoque. Et je n'étais pas le seul. Surtout qu'ils insistaient pour appeler leur projet du vrai patronyme de l'artiste, c'est-à-dire Pablo, Diego, Francisco de Paule, Juan Nepomuceno, Maria de los Remedios, Crispiniano de la Santissima Trinidad Ruiz-Picasso. Olé! Ils prévoyaient d'ailleurs un budget spécifique pour fabriquer les panneaux, calicots et flyers avec ce nom aussi long que celui d'une gare galloise.

Ce qui me faisait le plus rire était le premier article du projet : *« Juste après l'entrée, il y a tout de suite un espace "Enfants". Attention, ce n'est pas une garderie, c'est une zone d'éveil basé sur un adage de base, très répandu : "N'importe quel bambin est capable de faire du Picasso." Des animateurs fourniront à nos chères têtes blondes du papier et des crayons de couleur, voire de la gouache et de l'acrylique, et les petits horribles dessineront n'importe quoi, en tout cas ce qu'ils ont l'envie ou l'habitude de faire. Il y aura, d'ailleurs, dans ce pavillon, et en permanence, une vente aux enchères des œuvres produites, tamponnées d'une signature du peintre, et gageons que certaines productions atteindront des prix faramineux dont la moitié reviendra aux parents de ces génies en herbe et l'autre à l'Association des orphelins de lithographes. »*

Genre. Sous les huées, ils ne pouvaient jamais terminer leurs interventions, dommage, parce que la suite valait son pesant de moutarde de Meaux. En deux mots. Exemple : en sortant du parc, on tombait brutalement sur une attraction digne de la Foire du Trône de notre enfance, avec des monstres, et intitulée les « Demoiselles d'Avignon ». À la sortie, on vous proposait un vrai dessin de Picasso pour à peine 50 euros. Vous aviez du mal à le croire, mais on parvenait à vous convaincre que c'était un vrai, que vous n'aviez qu'à le faire expertiser et que, si c'était un faux, vous pouviez toujours attaquer le parc en justice. On vous donnait même l'adresse d'un expert, qui vous prendrait, pour l'opération, 650 euros. Alors vous n'aviez plus qu'à encadrer votre Picasso et le mettre au-dessus du buffet et à côté du Buffet…

Il était temps que je me mette au boulot.

D'autant que mon oreille, jouant au yo-yo, s'était remise en *pause*. Claire, je ne la voyais presque plus. À table, le soir, j'ai reparlé de la Bretagne et j'ai avoué que j'aimerais traverser l'Aubrac à pied. Des trucs comme ça. Une manière de dire que, pendant quinze jours, le temps de me refaire une petite santé, ça serait duraille de me remettre la main dessus.

Claire me regardait en souriant, comme si elle était confiante. Ou pas dupe du tout. Ça m'a fait du bien. Adolfas, c'était le prénom lituanien du soldat de l'ombre, parlait beaucoup, puisqu'on l'écoutait. De tout et de rien. Mais surtout de la Rébellion Générale, de l'abolition des frontières, d'une Europe large et fédérale. Je le laissais ergoter et ne lui apportais la contradiction que sur d'autres sujets. Par exemple, en dégustant des pâtes, il a déclaré qu'il adorait les westerns spaghettis. Pas moi. J'avais détesté ça. Parce que Clint Eastwood, le cow-boy Marlboro, il me sortait par les trous de nez, faut pas déconner, quand même, je préférais d'autres genres de grosses nouilles. Et comme Claire et Adolfas avaient l'air abattus par tant de mauvaise foi, j'avais rajouté, dans le style « n'importe quoi pourvu que ça tranche » :

— Je hais aussi les films de Jacques Demy, surtout *Peau d'âne*, c'est d'un nul… en plus la musique de Michel Legrand me fait gerber. J'exècre la série des *Parrains* de Coppola, par souci moral, les mafieux ne sont pas passionnants, sont loin de l'éthique et bouffent comme des porcs. Je déteste Truffaut, parce que je suis godardien, et parce que *La Nuit américaine* est une sorte d'escroquerie. Même s'il y a un film de Godard que je déteste : *Détective*, à cause de Johnny Hallyday, hein, vraiment, je vous jure…

— Et t'aimes quelque chose, par hasard ? déclara Claire.

— J'adore *Les Vikings* de Richard Fleischer, même si je ne supporte pas l'idée que Tony Curtis soit plus fort que Kirk Douglas.

— N'importe quoi… T'es saoul ?

— Pas encore.

Bref, on rigolait.

Je faisais tout pour capter l'attention de la rouquine.

Et après, on picolait. Faut avouer que les Baltes ont de l'avance, sur le sujet.

Glütz, lui, ronronnait comme un char soviétique.

Le lendemain matin, je prenais en vitesse mon café, un sac de voyage à mes pieds, quand Claire a débarqué, toute chiffonnée par son oreiller.

— Alors ? Tu vas où ?

— Dans le Vercors. J'ai toujours voulu aller dans le Vercors. C'est comme une obsession.

Elle s'est perdue dans un rire silencieux.

— Tu me fuis ?

— Pas du tout, là, pas du tout.

— Tu me ramèneras quelque chose ?
— Je vais voir. Du pâté, sans doute.
Et de rigoler…
Alors que j'en avais absolument pas envie.

5

J'ai pris l'avion, pour une fois. EasyJet. Pas cher. Chiant, mais pas cher. Je n'avais pas peur, immanquablement terrassé par l'attente, l'enregistrement, le passage sous le portique, l'interdiction totale de fumer et les *Tribune de l'économie* abandonnées, rosâtres, sur les bancs de métal.

Une fois dans la carlingue, je me venge, mon jeu consistant à repérer les signes évidents émis par tous ceux qui, sans pouvoir se contrôler, ont le trouillomètre à zéro. Ceux qui se plient et se replient le journal, alors qu'il n'y a pas la place de se plier et de se replier un journal. Ceux qui s'agitent du genou, qui se rognent les ongles, qui se vérifient cent fois la ceinture, qui se regardent la montre, qui se vérifient dix fois leur bagage bien rangé au-dessus, qui se replient la veste comme s'ils la mettaient dans un coffre-fort, qui s'inspectent le dehors. Que des gens qui respirent fort et soufflent souvent, expirant toutes les vingt secondes leur angoisse d'avoir à quitter le plancher des vaches. Sans parler de ceux qui observent l'hôtesse avec concentration quand elle répète les consignes de sécurité. (D'ailleurs que comprennent les sourds à ces gestes automatiques, ces signes las ?) Alors que les mêmes paniqués étaient, peu avant, apparemment anesthésiés par l'espace, l'odeur, l'ambiance des salles d'aéroport, trop longues, trop larges, trop propres, trop glissantes, comme des hôpitaux sans malades ni médecins, lieux de transit qui sont tellement loin de l'intestinal. Mais qui, à l'avance, savent nouer, en douceur, les tripes du voyageur fragile.

Les Lettons se baladent presque tous avec un petit bouquet de fleurs à la main. Qu'ils vous offrent, quand vous les rencontrez et que vous discutez avec eux. Comme leurs vis-à-vis font la même chose, vous êtes fleuris toute la journée, une vraie jardinière.

Je me promène dans Riga, incognito, le nez au vent et l'âme sombre. Il y a partout des arbres extraordinaires, immenses et touffus. Comme c'était le début de l'automne, tout, partout, était comme en feu, comme dans un film de Sokourov. La ville était très aérée, beaucoup de parcs, zébrés de petits ruisseaux, un petit Berlin. La différence, c'est que la ville n'avait pas l'air d'avoir trop souffert de la guerre et de l'occupation des cousins de l'Est. Il y avait même encore un coin passablement hanséatique, venant de loin, du Moyen Âge, peut-être rénové ou reconstruit, mais ça ne se voyait pas…

Comme le zinc ne m'avait pas trop coûté, j'ai pris un bon hôtel, l'Hôtel Albert, presque un palace, mais avec des prix cassés, basse saison oblige. Pas question de zoner dans un squat, ou assimilé, plus de mon âge. Et j'étais comme en vacances. Une virée de luxe.

L'hôtel était situé dans un beau quartier, au coin de Zala et Dzirnavu, juste à côté de l'Alberta Iela, où il y avait plein de baraques style nouille, Art Nouveau, une avait même été construite par le propre père d'Eisenstein, c'est dire. J'avais réalisé, le lendemain, en prenant un verre de vin blanc au *lounge* de l'hôtel, que le nom de cet établissement était un hommage à Einstein. Il y avait, peinte sur les murs des couloirs d'étage, toute une série de citations et de formules mathématiques mystérieuses. Einstein… Pourquoi ?... Ça… Pour moi, Einstein ne se résumait pas à E = mc2, mais à « boum »…

La Lettonie avait perdu, comme clients, la nomenklatura soviétique, et beaucoup de russophones, qui avaient compté jusqu'à trente pour cent de la population, s'étaient barrés du pays. Cela dit, le nombre de gros 4 × 4 noirs aux vitres fumées sillonnant les avenues en disait long sur la présence d'une nouvelle classe mi-mafieuse, mi-oligarque. Les Russkoffs, sortis par la porte, étaient revenus par le vasistas. Les Lettons ne paraissaient pas s'en apercevoir, ou s'en plaindre, ils semblaient trop contents de respirer un air un peu plus pur et vif qu'avant. J'ai trouvé un resto populaire, qui devait ressembler tout à fait aux anciennes cantines soviétiques, à la différence qu'à présent on pouvait bouffer de tout et en quantité.

Deux jours à visiter la ville, à pied, en tramway, le port, l'énorme marché couvert dans lequel, contrairement à la légende tenace concernant les anciennes colonies soviétiques, on trouvait absolument de tout, des montagnes de légumes et de fruits, et tout ce qui concernait l'épineux problème des épices et l'addiction liquide aux alcools indigènes. Les quais de la Daugava, le vieux centre-ville, les maisons des Trois Frères, tout ce quartier qui était comme un décor pour Nosferatu. Je me suis promené, le nez au vent, comme un foutu touriste, alors que j'étais sous pression, tendu, un peu hébété. Un agent secret névropathe patientant tant bien que mal avant d'effectuer son horrible mission.

Au loin, quelques usines. Mal en point. Peut-être abandonnées. Mon père m'avait toujours emmené dans les musées. Une fois, c'était du côté de Montceau-les-Mines pour voir l'immense marteau-pilon, joyau absolu de la révolution industrielle. Je n'avais pensé qu'à la séquence d'un film de Charlot, avec une énorme montre aplatie, beaucoup plus grande que la plus vaste des pizzas. Une autre fois, du côté de Lens, nous avions contemplé les terrils et visité le carreau de mine. Un autre musée. Sans parler des hauts-fourneaux, je crois que c'était du côté de toutes ces villes qui ont des noms angéliques, Hayange, Hagondange, à moins que ce ne fût vers Jeumont ou Maubeuge, là où j'avais tenté de voir le fameux clair de lune.

Et dans l'usine où ronflait l'acier en folie, où s'agitaient les ouvriers surchauffés, les yeux aveuglés par des lunettes de glacier, les mains protégées par des gants de cyclopes, touillant la pâte infernale d'un volcan maîtrisé par l'homme, mon père m'avait dit, sinistrement :

— Tous ces peintres qui ont tenté de décrire l'Enfer, tu sais, là où bouillent les marmites géantes de la damnation, eh bien ils avaient raison, ils avaient deviné. Mais ils avaient cru que ce serait bien longtemps après la mort. Regarde bien. Ils se sont trompés. Regarde bien. L'Enfer, c'est là, pas besoin de traverser l'Achéron…

Je n'avais rien dit. Mais en revenant à la maison, j'avais sauté sur le dictionnaire. Pour apprendre ce que c'était, la Quéron.

J'ai bien sûr été « visiter » la famélique gare de Riga, celle juste derrière le grand marché. Et admirer, compréhensif, les voitures voyageurs dont le marchepied a toujours la première marche située à au moins un mètre de hauteur.

Avec mon père, qui travaillait à la SNCF (Savoir Nager Comme Fernandel) à Lille et Hazebrouck, on loupait toujours le train d'avant, tellement on arrivait à l'avance. Ma mère craquait, ne comprenant pas pourquoi on allait poireauter deux heures dans la gare alors que nos places étaient réservées. Le paternel, lui, imperturbable, nous enjoignait de respirer l'atmosphère des marquises, de sentir l'ambiance à la fois angoissée et résignée de ces antichambres de l'ailleurs. Comme ma mère, fille de camionneur, semblait se moquer totalement de la rumeur particulière de ces immenses salles de sempiternelle attente, mon père me prenait alors à l'écart et m'expliquait que la gare, il me fallait la domestiquer, me l'apprivoiser, parce qu'à l'heure de ma mort, eh bien, ce ne serait pas un grand trou noir, ou encore un long tunnel luminescent qui s'offrirait à mes yeux, mais une gare, avec des quais luisants, sous une lumière morbide de funérarium, avec des gens gris et anonymes écoutant, tête basse, l'annonce fatale venue d'un haut-parleur.

Et il me disait alors, « tu verras, ce train, celui-là, tu ne le louperas pas non plus ».

Il faisait beau, pas trop de nuages, que de gros cumulus paresseux traversant le paysage, et transformant le ciel en Ruysdael vivant et changeant. Frais le matin, frais l'après-midi.

Et puis, le troisième jour, j'ai été, en car, à Jurmala.

J'ai adoré.

L'immense plage déserte, couverte de nuées de choucas. Très industrieux, les corbaques. Ils nettoient le sable avec une efficacité à la Derichebourg. Et la Baltique, impressionnante. Grise, immense lac de mercure à peine agité de vagues désordonnées. Comme celles filmées par Bergman depuis son île de Farö, de l'autre côté, en Suède. *L'Heure du loup*, *La Honte*, tous ces films sur l'inquiétude métaphysique.

Le long de la langue de sable blanc, mitée de bois de lavage, dans les pins, une autre constellation : une myriade de maisons en bois, pour les plus traditionnelles, pas toutes en état, isbas colorées, dépareillées, à moitié détruites ou réparées de bric et de broc, et quelques datchas plus récentes, souvent en dur, mais respectant l'ambiance générale de village privilégié, un peu hors du monde et loin des fureurs politiques. Beaucoup de jardinets, de fleurs vivaces, d'arbres résistants, surtout des conifères et des épineux. De temps en temps, surtout près de la mer, des carcasses de palais démentiels, désossés, vidés, béton et ferraille, squelettes se dressant face au ciel grisâtre, où l'on pouvait s'attendre à découvrir des momies de fantômes staliniens, la casquette vissée sur la calebasse. Les restes d'une folie, celle des puissants d'un jour.

Et beaucoup de petites allées, presque des chemins, des percées dans les arbustes, où des bagnoles auraient du mal à passer et où, ça m'arrangeait, il était presque impossible de se garer, de stationner. Soit les voitures étaient parquées ailleurs, soit, et c'était rare, il y avait suffisamment de place dans les jardinets pour y mettre un véhicule.

Une rue centrale contenant la plupart des magasins, bars et restos, la plupart fermés, la saison était finie. On se doutait un peu qu'en été, aux jours chauds, ce coin devait être une sorte de Saint-Tropez balte, les strings en moins.

Je n'ai pas plus profondément visité Jurmala parce que j'ai trouvé, en flânant dans le centre plus ou moins « historique », la baraque des Valter. Pas loin du centre. Grâce à la photo que m'avait dénichée Claire : la grosse maison ventrue mais un peu décatie, tout en bois, peinte en vert amande, avec ses volets bleus, très près de la rue en terre, tranquille, herbue. Une série de fenêtres, au rez-de-chaussée, toutes munies de rideaux blancs immobiles, se trouvant à cinq mètres à peine de la barrière de bois qui délimitait le petit jardin. Pour ce genre de retraite, pas besoin de piscine, la plage est à peine à cent mètres.

Ça y était, au pied du mur, le Camille. Sur place.

Le quatrième jour, au soir, je me suis assis dans l'herbe encore sèche, près du sable, face à la mer. Entouré par les drones locaux, ces choucas extrêmement curieux. Crevé. Tant de trucs à régler. Prendre une chambre d'hôtel à Jurmala, acheter des billets de car, repérer les horaires et réserver ma place sur le bateau, à Riga. Construire la marche à suivre. Confectionner, tatatsang, les engins incendiaires. Ce qui me faisait rire sous cape. Le monde moderne se réduisait curieusement à deux cocktails : le mojito, qui envahit les *after hours*, et le molotov, qui règne sur nos rues sombres.

Du coup, j'ai eu l'impression de créer des cocktails mojitov.

À Riga, au Marché central, j'avais trouvé tout ce qu'il me fallait, selon la recette Internet. Deux bouteilles de Latvijas Balzam, une saloperie locale, le Fernet-Branca, à côté, c'est de l'Orangina, ou, plus précisément, deux boutanches de Melnais Balzam, parce que les bouteilles étaient en terre cuite et donc plus facilement cassables. Une petite fiole d'acide sulfurique, H_2SO_4 comme on disait au lycée, destiné normalement à décaper les objets en plomb, eh oui, les Lettons décapent leurs bougeoirs au vitriol.

Prieka! Bonne santé!

Des gants de vaisselle (à bas les empreintes digitales!), du sucre glace, un paquet de serviettes hygiéniques, des élastiques en sachet, et du chlorate de soude, c'est-à-dire du désherbant total, ça, y en a des wagons partout, les gazons n'ont qu'à bien se tenir. Monsantov, nous voilà!

Et dans ma chambre, hôtel classe, mais vide, La Villa Joma, à même pas 60 euros la nuit, j'ai préparé mes deux mojitovs, en vidant tout le surplus dans le lavabo et en jetant les ingrédients solides dans une poubelle lointaine. J'ai juste gardé un peu de Balzam, pour le boire, m'aider à roupiller, mais, juré, c'était profondément dégueulasse. Je me suis couché tôt, le lendemain le car pour Riga était à sept heures, mais, avant, akchonne.

Du pont supérieur du ferry, je contemplais, sans les voir, les vagues grises et régulières de la Baltique, encore fébrile, sur le *Kaunas*, gros navire de la compagnie Baltic Ferries, ce qui me faisait vibrer, le même nom que la boîte où travaillait ce gros connard de cryptopunk qui m'avait cassé la tête et dont j'avais fait sauter le camion. J'étais en route, depuis deux heures, pour Travemünde, en français : Lübeck, Allemagne, trente-quatre heures de voyage à partir de Riga. La mer, en ce début d'automne, était tellement sinistre que je m'attendais à voir de massifs et menaçants navires de guerre russes sortir de la brume pour venir nous détruire.

Tout s'était déroulé comme dans un rêve. Le petit matin blême. Les rues et allées totalement désertes. Une voiture, au loin. Les deux bouteilles fracassant les vitres du rez-de-chaussée. La cavalcade sous les frondaisons. Je n'avais pas attendu les explosions, j'avais à prendre au vol le premier car pour Riga.

Une parano bien compréhensible m'avait poussé à choisir un ferry pour le retour, car, en zinc, j'aurais déjà été à la maison. Si jamais les flics étaient à mes trousses, ils avaient obligatoirement pensé d'abord à l'avion. En plus, j'avais le temps. Pour l'instant, et j'en étais presque fier, j'avais effectué parfaitement ma mission.

Si tout avait bien fonctionné, la datcha des Valter devait encore fumer, et n'était plus qu'un tas de bûches incandescentes similaires à mon hangar qui, il n'y a pas si longtemps, avait brûlé tout aussi radicalement.

À dix heures, donc, j'étais sur le port de Riga, Eksporta Elia, et à dix heures trente, je montais dans le ferry. Passeport, billet, contrôle de mon maigre sac à dos.

J'avais pris de vitesse les mauvaises nouvelles.

Seul problème : il y avait beaucoup de monde et donc autant d'humains que de valises à roulettes. J'ai failli plusieurs fois me foutre à la baille en me mélangeant avec l'une de ces saloperies. À bas les valises à roulettes ! Maintenant, si l'être humain qui regarde en l'air et continue de vouloir s'éloigner de la bassesse des choses ne met pas deux mètres entre lui et son prochain, il a de grandes chances de se casser la gueule. C'est arrivé à chacun d'entre nous de ne pas calculer cette distance intuitive établie par une longue pratique de la compromission. À bas la valise à roulettes ! À bas ce parangon de la faiblesse qui ne dit qu'une chose : méfions-nous, mettons de la distance entre les autres et nous. Chacun pour soi et personne pour tous. Les autres peuvent crever, mais dans leur coin ! À bas cette merde de valise à roulettes !! Virus inattaquable, la valise à roulettes. Ce n'est pas parce que les muscles des bras se sont anémiés, ce n'est pas parce que le temps est à la paresse, c'est simplement parce que tout doit, paraboliquement, rouler, glisser, suivre sans effort. L'idéologie comme le pratico-inerte.

À onze heures, on appareillait. À onze heures cinq, j'ai respiré longuement.

Pour l'instant, tout allait bien.

Se sentir un peu comme le type qui tombe du dixième, et qui, en passant au niveau de chaque étage, répond à un type, à la fenêtre, lui demandant si ça va bien : « Pour l'instant, tout baigne ! » Dans un coin de ma cervelle, il restait un bug caché, grimaçant. Ça ne pouvait pas être si facile que ça. Toute la police de Lettonie était peut-être à mes trousses, j'étais sans doute fiché à Interpol et, au premier passage de douane, allemand en l'occurrence, j'allais me faire coxer.

Mais j'étais bien. En plus, j'avais récupéré mon oreille dès qu'à Jurmala j'avais pris le car, comme si j'avais à entendre les explosions de mes mojitovs. C'était la seule raison. J'étais obligé de me demander ce que je foutais là. Je ne savais pas trop. Me venger. Peut-être. Faire sauter un des biens de l'ennemi. Évidemment. Ils avaient détruit mon hangar alors que je n'étais un danger pour personne. Ce qui m'étonnait le plus, c'est que j'avais fait ça tout seul. Sans en parler à personne. C'était sans doute ma chance.

Devant moi, plus de trente heures à me faire bercer par une mer calme, apaisante, quasi maternelle. Ensuite, à Lübeck, j'essaierais d'avoir des nouvelles fraîches, prendre le pouls général, et, hop, le train pour la France, ma foi, j'avais droit à un zeugme lamentable, mais bien mérité.

Je me suis demandé quel souvenir me resterait, dans vingt ans, de Riga. Mon père ne supportait pas les vacances où l'on se faisait dorer la boudine sur un transat. Donc elles étaient assez courtes, parce qu'elles coûtaient bonbon. Il voulait nous emmener, avant que l'on s'échappe des diktats parentaux, dans toutes les capitales d'Europe, ou assimilées. C'est pourquoi, de Budapest, je ne me souvenais parfaitement que des bains Sézcenyi, en plein air, 40 °C au bas mot. De Stockholm, des chouettes Harfang du jardin

Skansen, que l'on peut presque caresser. L'Atomium, à Bruxelles, j'avais une dizaine d'années. À Rome, la statue équestre d'Hadrien, sur la place du Capitole, avec les pieds de l'Empereur qui raclent presque par terre. Et la tête de Méduse, dans la vieille citerne d'Istanbul, pas loin de la Mosquée bleue…

À l'époque, le reste ne m'intéressait pas, puisque ça sentait la guerre et le fric…

On a croisé un cargo. Très près. À nous raser les moustaches.

Il fallait bien un élément pour me gâcher le zen général. Accoudé au bastingage, scrutant la mer, espérant voir des orques et des baleines s'ébattre en chantant des tubes de Dave, je me suis tout à coup souvenu, comme ça, direct, brutal, où j'avais déjà entendu le patronyme de Claire.

Mernotte.

Chez les flics, elle avait signé sa déposition avec ce nom.

Mernotte.

Sur le coup, je n'ai pas compris pourquoi je n'y avais pas pensé avant. Mernotte, c'était le nom de famille de la première femme du rejeton Valter, Jérôme, à présent PDG de cette boîte de merde, fleuron du BTP français, voire européen. Un mec qui s'était remarié, c'était tendance, avec une cover-girl italienne à gros poumons, Liana, et qui faisait, avec son fils, les délices des couvertures de torchons pipoles. J'ai pensé avec au moins autant de délices que c'était pas demain la veille que la Liana allait tremper son cul dans la mer Baltique. N'importe comment, elle devait préférer Monaco.

Bon. Mernotte.

Claire faisait donc, peu ou prou, partie de la galaxie Valter. J'étais con. Mais con ! Plus que con. Elle devait parfaitement savoir où j'étais et ce que j'étais venu y faire, l'ayant déjà plus ou moins évoqué dans ses apartés. Je n'y avais pas fait trop attention. J'avais simplement eu la vague impression d'être manipulé. Erreur. J'étais une marionnette, une foutue marionnette, un Pierrot de merde. Le gendarme allait bientôt venir me mettre la main sur le paletot.

J'étais con. Mais con ! Plus que con.

Sur le bateau, au salon des passagers, j'ai trouvé un livre abandonné, en langue anglaise, *The Slow Pain Glyph*, avec, sur la couverture, une reproduction des *Pantoufles* de Van Hoogstraten. Je ne parlais pas bien l'angliche, mais ça m'a occupé quelques heures à tenter de décrypter ce roman. *Le Glyphe de la douleur lente*. Un genre de resucée du *Da Vinci Code*. En tout cas, l'illustration de couverture m'avait mis mal à l'aise. C'était comme les prémices d'une grande peur.

La première fois que j'ai vu, avec mon père, cette peinture au Louvre, j'ai été terrifié. Cette paire de pantoufles, abandonnées sur le carrelage d'une entrée, m'a littéralement bouffé le moral. L'appartement, tout autour, était très propre, rangé, nickel. Une maison de riches, il y avait même une toile de ter Borch accrochée sur le mur du fond. Que s'était-il passé, dans cette demeure, pour que quelqu'un chausse ses bottes ou brodequins à toute vitesse, pour s'en aller sans ranger ses pantoufles ? Sans doute une très mauvaise nouvelle. Ça m'a rappelé de légères angoisses ou frayeurs d'enfance. La gare d'Andelot, à la frontière du Jura, en plein hiver, quand la locomotive arrivait, trouant la nuit et la brume neigeuse, comme le diable dans *La Nuit du Démon* de Jacques Tourneur. Mon séjour à Liverpool, quand j'avais dix ans, où j'avais été pris en charge par Mrs Rickett, une Irlandaise poil aux pattes qui m'appelait « *My Teddy Bear* », toutes dents dehors, et qui me forçait à lui couper les ongles des pieds. Ou la première fois que j'ai vu, à Nevers, le cadavre embaumé de Bernadette Soubirous. Des peurs souvent incompréhensibles, comme cette carte postale, collée sur le buffet de cuisine de mes parents, à la gloire du cassoulet de Castelnaudary. Ou la poupée préférée de ma petite cousine, un atroce mélange de pingouin et d'ornithorynque, la peluche, pas ma cousine, surnommée « Monsieur Pipi », source de cauchemars permanents.

Mais j'en revenais à tout instant à cette salope de Claire.

Il allait falloir faire vite et prévenir toute la bande qu'on réchauffait un serpent dans notre sein. Une espionne, à tous les coups.

Le gros paquebot avançait comme une biscotte dans la soupe. Je ne trouvais pas d'autre métaphore. Le culinaire était dû à la vie à bord. Ne rien avoir à faire sinon d'attendre le repas du soir. Au menu, de la raie. Ne rien avoir à penser sinon au ressassement. Et ce plat de cantine m'a renvoyé à mes chères études. Peut-être que *La Raie* de Chardin était l'un des plus beaux nus de l'histoire de la peinture. Celui qui incluait la peau, l'odeur, le dernier abandon, et, caché derrière la nature morte, quelque chose de très vivant : la petite mort.

D'année en année, pendant mes études, je me suis senti mieux avec les artistes dits « tranquilles », quelquefois

« sereins », souvent « secrets », ceux qui s'étaient laissé enfermer dans un atelier qu'ils avaient habité comme un jardin de type japonais. Des ermites aux yeux grands ouverts, comme Vermeer, Chardin, Morandi ou Mondrian. Tous ceux qui avaient deviné le divan, détaillé le détail, et imaginé un monde qu'ils ne voulaient pas parcourir. De peur d'être déçus, sans doute. Et j'admirais surtout ceux qui avaient dépeint l'enfer sans jamais en dessiner une flamme, une seule flamme. Tous ceux qui avaient choisi de parler de la fin, de la damnation, sans user du catalogue des images convenues à des fins préventives.

Effet collatéral, depuis, je ne pouvais plus entrer dans une poissonnerie. C'était dommage pour le petit commerce, mais je ne voulais en aucune façon côtoyer la mort et, au contraire d'un Dante moderne, je savais que le beurre noir l'était vraiment, noir.

Le voyage me parut long, très long. Du coup, à Lübeck, je n'ai pas pris le temps de visiter cette ville encore médiévale, j'ai foncé à la gare pour prendre le premier train allant à Hambourg, puis Paris. Il n'y avait pas de direct, mais ça roulait quand même.

J'ai eu mon quota de frayeur à la douane, en débarquant. Ils m'ont gardé un peu plus longtemps que prévu en voyant que j'arrivais de Riga. Dans un anglais approximatif, ils m'ont demandé ce que j'y faisais. Dans un anglais tout aussi lamentable, je leur ai expliqué que je visitais toutes les villes ayant fait partie de la « Hanse », de la Ligue hanséatique, c'était pourquoi je me trouvais à Lübeck, après j'allais aller à Kiel, Rostock, peut-être Hambourg et Szczecin.

Le gabelou m'a observé en souriant franchement et m'a conseillé de ne pas laisser Brême de côté, *I was born in Bremen*, il a précisé, *it's a wonderful place, it's the city of the musicians animals of Bremen…*

Va savoir ce que c'était que ces animaux musiciens…

Sur le chemin de la gare, je suis passé par le centre historique, le Holstentor, là encore, ambiance Nosferatu, mais je n'avais pas le cœur à faire le touriste. Mon cœur, à ce moment-là, était cuit, avec des olives et des oignons blancs, une spécialité de ma mère.

J'ai mis une trentaine d'heures pour arriver à Paris. Au moins autant que le trajet maritime depuis la Lettonie. En passant par Hambourg et Francfort. Je n'avais jamais, dans ma vie, autant tracé…

J'avais deux heures devant moi avant de reprendre, gare du Nord, un train pour Dunkerque. Et un TER pour Saint-Omer.

J'en ai profité pour aller, en métro, dans le VIIIe arrondissement, rue de Messine, là où est tapi le siège central et social de Valter, Valter & Frères. Tout un immeuble, période Haussmann, bon chic bon genre, pas un siège clinquant, tout verre et acier, comme ceux qui ont poussé à La Défense. Mais avec deux flics armés jusqu'aux dents de chaque côté de la porte d'entrée et une camionnette de gendarmerie, garée pas loin.

La confiance règne. Ou bien les nouvelles vont vite.

Donc, profil bas. Je suis passé devant sans m'arrêter. Un château fort. Ou, plutôt, un coffre-fort.

J'avais acheté quelques journaux, des quotidiens, pour

savoir s'il y avait des nouvelles qui parlaient de moi. Ça faisait presque quinze jours que je m'étais barré. Peine perdue. La planète allait allègrement vers sa perte, mais personne ne s'occupait de mes petits rototos. Tant mieux.

Ce n'était pas pour ça qu'il fallait lever la garde.

Et surtout, j'avais toujours la rage.

6

Quand j'ai atterri chez moi, dans ma grosse ferme refuge, je n'étais ni rassasié, ni content, ni rassuré. Aucune envie de lancer mon sac à dos sur un fauteuil en criant des insanités automatiques et de foncer me faire une sieste tranquille.

En plus, Glütz n'était même pas là. Et Claire non plus.

Ceux qui étaient en train de préparer le repas du soir m'ont serré dans leurs bras, j'avoue avoir ressenti une vraie empathie, laissant passer un peu de temps pour, bien sûr, réaliser où, putain, j'étais. Je suis resté dans le vague, je leur ai seulement révélé que j'avais arpenté la France par des chemins de traverse, un vrai Francis Cabrel.

On m'a servi une assiette où s'étalait une des meilleures recettes du monde, du bœuf cuit et froid, des oignons et des patates à l'huile. Dévorer tout ça, la tête bien vide, c'était un délice atroce. Un peu comme Hérisson Fort dans *Blade Runner*, quand il mange, sur le pouce, des nouilles chinoises dans un boui-boui en pleine rue, sous la pluie.

Au moins, ceux qui créchaient chez moi n'étaient pas du

genre vegan. Quand j'entends ce mot, je pense toujours à une bagnole.

Il y a longtemps, une vague cousine avait décidé d'être végétarienne. Sans doute par pur amour des bêtes, à cause du chaud regard de la vache, de la poule gonflée par les rafales de vent, du mouton qui sent bon le pull-over et du lapin qui court en rond en poussant des cris tordants. Sans doute par dégoût des devantures de Noël où chevreaux, chevreuils et sangliers pendaient, sanguinolents, l'œil fermé mais toujours larmoyant. Sans doute par compassion pour tout ce gibier paré comme s'il devait aller, le soir du réveillon, dans une boîte à la mode. Bref, par haine de la viande. Peut-être aurait-il fallu qu'elle traversât le carreau des Halles, à la grande époque, où le sang coagulé coulait dans les pourpres caniveaux, quand les viandards paradaient dans leur beau costume blanc maculé d'hémoglobine.

Mais elle était née bien plus tard, dans une époque où elle pouvait voir partout, toujours, et tout le temps, un autre genre de viande, humaine cette fois, et pas souvent en pleine forme. Pas souvent en vie. Du coup, elle s'en foutait. Celle-là, elle n'avait pas à la manger. Et, en avant les légumes.

Tout le monde avait l'air content, hilare, détendu.

— À ton avis, est-ce que ça va changer quelque chose pour nous ? m'a demandé le grand type roux dont je ne me souvenais jamais du blaze, mais qu'on appelait toujours pour porter les merdes les plus lourdes.

— Pourquoi ? Y aurait des trucs à changer ?

— Ben oui…

— Comment ça ?

Le mec m'a regardé comme si je débarquais de la planète Ducon.

— Me dis pas que t'es pas au courant ?

— Au courant de quoi ?

Alors, là, tous ceux qui étaient dans ma cuisine se sont figés comme de la mauvaise graisse. Le grand rouquin s'est précipité sur le buffet, s'est emparé d'un *Nord-Éclair* et me l'a mis devant les yeux.

Un gros titre : **LA ZAD MARQUE UN POINT !**

Je m'attendais à tout mais pas à ça. En lisant l'article, juste après, j'ai appris que le tribunal administratif ne permettait pas la présentation d'une deuxième enquête publique. Et préconisait qu'un autre emplacement soit mis à l'étude, moins cher, moins complexe. Le ministre de l'Écologie qui, de son côté, annonçait aussi la décision, prévoyait, en revanche, que les environs feraient obligatoirement partie d'une zone écolo-bio-festive (*sic*) et pédagogique (*of course)*... La duplicité du Pouvoir... On déplaçait le problème. Nous, dans l'avenir immédiat, on serait globalement tranquilles. Mais il y en avait d'autres qui, dans les parages et les temps qui venaient, allaient morfler...

Ce que l'État ne voulait pas comprendre, c'est qu'on avait, ici, pris goût à la lutte et au bonheur d'être ensemble, au bonheur de *faire* ensemble. C'était plié que les zadistes d'ici allaient se déplacer ailleurs. Un certain sens de l'Histoire.

Me lever, serrer dans mes bras tous les présents, dans un silence presque religieux, interrompu brusquement par un bouchon de pinard sautant dans l'inconnu. Et ensuite tout le monde s'est mis à brailler. J'étais vaguement heureux.

Bien sûr ça ne me rendrait pas mon travail, ce n'était pas très grave, ça ne me ramènerait pas la (fausse) paix de ma vie d'avant, ça, ce n'était pas pareil, plus rien ressemblant à une certaine forme d'innocence… Ça, c'était foutu. Surtout, ça ne me disait rien de plus sur Claire.

Ils avaient raison, ça changeait tout. Beaucoup de tous ceux qui s'étaient implantés là, et notamment, petit à petit, chez moi, s'en iraient peut-être ailleurs, là où c'est mieux, là où le soleil fait rougir les tomates, ou, du moins, met le même rouge sur les drapeaux. Dans moins d'un an, j'allais me retrouver tout seul dans cette ferme, trop vaste pour moi, j'en étais sûr, à présent. Je me suis dit que c'était le moment, pour moi aussi, de fuir, de changer d'espace, de choisir un autre paysage à regarder le matin, en me levant, ensommeillé.

Claire ou pas, j'ai pensé également, un peu honteux.

J'étais vacciné.

Je me suis rassis, les pattes coupées, et, un verre à la main, j'ai pris un paquet d'autres quotidiens en cherchant un article, un entrefilet, quelque chose parlant d'un pays lointain, la Lettonie. Mais rien. Ça ne voulait pas dire grand-chose, j'avais possiblement Interpol aux fesses, même si ça n'intéressait pas le peuple frileux de *Nord-Éclair*. Subitement, tout me paraissait lointain, très lointain, les cocktails molotov au point du jour, les virées en bateau, les tramways graisseux, tout ça.

Les autres se sont mis à chanter. Des hymnes du carnaval de Dunkerque, à ne pas mettre entre toutes les cordes vocales.

Je prenais mon *mal* en patience, l'essentiel n'étant pas là.

Sur les murs du grand salon, mes locataires avaient punaisé des textes, des images, des commentaires. Il y avait notamment une reproduction de la *Porte-fenêtre à Collioure*, de Matisse. Une toile quasiment aveugle, toute noire, ça aurait pu être un Soulages s'il n'y avait pas eu les bords, colorés, de la pièce où se trouvait cette porte-fenêtre. Et, à côté, un « poème » d'Aragon, ce con :

la porte-fenêtre de Matisse,
le plus mystérieux
des tableaux jamais peints,
semble s'ouvrir sur
cet espace d'un roman qui
commence et dont
l'auteur ignore tout encore,
comme de cette vie
dans la maison d'obscurité,
ses habitants, leurs façons d'être, leur mémoire,
leurs rêves, leurs douleurs.

C'était assez vrai… Aujourd'hui, personne n'ignorait plus rien. Et les artistes semblaient avoir, volontairement, choisi, en toute connaissance de cause, cette obscurité qu'Aragon avait miraculeusement sentie. *Laissez toute espérance, vous qui entrez… L'Enfer*. Dante.

Près de la porte d'entrée, un autre papier collé au mur, une autre citation, tirée de Raymond Queneau et de *Zazie dans le métro* :

« C'est pas parce que c'est un flic qu'i faut en avoir peur, dit Zazie avec grandiloquence. C'est hun dégueulasse qui m'a fait des propositions sales, alors on ira devant les juges tout flic qu'il est, et les juges, je les connais moi, ils aiment les petites filles, alors le flic dégueulasse, il sera condamné à mort et guillotiné et moi j'irai chercher sa tête dans le panier de son et je lui cracherai sur sa sale gueule, na. »

Si Adolfas avait eu la culture nécessaire, j'aurais pu penser que c'était lui qui avait affiché cette profession de foi.

Une voiture est entrée dans la cour, couinant des freins.

La porte s'est ouverte en grand. Adolfas est entré, des sacs papier plein les bras, avec les poireaux dépassant de la masse des autres légumes.

Et Claire.

Qui m'a vu, mais qui a fait comme si elle m'avait quitté une heure avant. Elle s'est penchée pour m'embrasser sur la joue, me prévenant dans l'oreille gauche, elle avait bonne mémoire, qu'on parlerait plus tard, après le repas. J'ai eu envie de hurler, de la prendre par le colback et de la traîner dans un coin tranquille, mais je n'ai rien fait, même si mes muscles étaient tendus comme des cordes de violon tsigane.

Le repas a été agité. C'était le repas d'adieu d'Adolfas qui retournait le soir même, en bagnole, à Berlin. L'un de ses congénères viendrait le chercher dans une heure à peine. Claire n'avait pas l'air triste, ne semblait pas choquée, elle n'en voulait même pas à son amoureux, cette fille avait un cœur d'acier. Ou des nerfs en coltan. Je n'étais, bien évidemment, pas certain de ses relations avec le bel opposant à toutes les frontières. Tous les autres se comportaient comme si c'était un couple. Moi, je n'en étais pas si sûr.

Même si, à présent, j'en avais rien à foutre.

Un peu atteint par le pinard, j'ai décidé d'aller me pieuter. Officiellement, trop de fatigue, trop de nouvelles inattendues, trop de joie, trop de monde nouveau à imaginer et rêver…

J'ai fait un salut général, très Napoléon partant pour l'île d'Elbe, et je suis monté dans ma chambre.

Glütz était, sur mon lit, allongé, étiré comme une escalope. Manquait plus que la sauce et les champignons.

Je me suis couché, tout habillé, et, au moment où j'allais vraiment sombrer, on a frappé à ma porte. Claire. Une boule rousse dans l'obscurité.

Elle s'est assise sur le bord du lit, direct.

Et s'est mise à pleurer, doucement, sans bruit. J'ai laissé faire, car *Que faire ?* comme disait Lénine. J'ai imaginé que le départ d'Adolfas était la cause de ce Niagara paisible. Mais ce n'était pas sûr, et je ne savais pas pourquoi.

Au bout d'un moment, les larmes se sont taries.

Elle s'est enfin redressée. Visage dur. Taillé au yatagan. Et toujours ses taches de rousseur. Plus foncées, j'ai trouvé. Comme des traces de brûlure.

— Je sais où tu étais…

— Ah bon, et comment ?

— Pas la peine de m'enfumer avec ton Vercors à la con.

— Pourtant, c'est beau les Préalpes…

Elle m'a simplement tendu un article, la photocopie d'un truc Internet. Un texte écrit sans doute en letton. Je l'ai parcouru, je n'y ai rien compris. J'ai simplement repéré deux ou trois fois le mot « Jurmala », et, surtout, une photo, trop sombre, trop imparfaite, mais, au moins pour bibi, vachement explicite, la datcha Valter, aux trois quarts détruite, noircie, fumante. Mes mojitovs avaient parfaitement fonctionné.

— Je te remercie… elle a dit d'une toute petite voix.

— Il n'y a pas de quoi, j'ai répondu bêtement.

— Fais gaffe à toi, ils sont sûrs que c'est un terroriste venu de France qui a fait le coup. Mais ils n'ont pas l'air d'être très énervés. Je crois qu'ils s'en foutent, en définitive…

— Alors, tout va bien.

— Oui. D'une certaine manière…

— Et t'es contente. Tu n'y es pas pour rien, dans ce truc, petite Mernotte…

Je n'avais pas pu résister.

Elle m'a regardé. Paniquée. Je venais d'enfoncer un coin dans sa vie, dans la chair vive. En profiter.

— Il va falloir me dire la vérité, une certaine vérité, si tu préfères… J'en ai marre d'être un foutu jouet, un pantin, une marionnette qui risque de finir au trou. Et je crois de plus en plus que ça n'a pas beaucoup de rapport avec ce qui se passe ou s'est passé ici. Alors, va falloir que tu m'expliques pourquoi tu es si contente que la baraque de Jurmala n'existe plus…

Ses yeux se sont à nouveau remplis d'eau salée. Ça me faisait chier de faire le flic, mais fallait crever l'abcès.

— En fait, je ne suis pas si contente que ça.

— Arrête de dire « en fait », ça me la fait bouillir !

— Et toi, arrête d'être vulgaire !

C'était bien, elle se rebiffait, on allait pouvoir discuter.

— Dis-moi pourquoi tu n'es pas « si contente que ça », gnagnagna…

— Et pourquoi ?

— Disons que ça sera mon salaire…

Elle s'est tue un long moment. Ne s'est même pas tordu les mains, ou frotté les genoux avec angoisse, comme dans les séries télé. Moi, je voyais des images lettonnes repasser devant mes yeux, le tramway n° 7, tout blanc et bleu, le *lounge* de l'Hôtel Albert, d'où l'on voyait la ville exploser, le soir, de mille petites lueurs, le Marché central, bourré à mort de bouteilles aux étiquettes incompréhensibles, les petites rues herbeuses de Jurmala, les choucas aventureux…

— J'en ai marre. T'as tout fait pour m'envoyer là-bas. Et j'ai suivi, buté, comme un seul homme. Faut que je chasse pourquoi, pardon, que je sache pourquoi. Je n'avais pas eu besoin qu'on me forçât beaucoup la main, mais quand même. J'en ai marre, petite fille. Parce que tu n'es qu'une petite fille.

Et j'ai senti que mon oreille se bloquait à nouveau, comme si je ne voulais pas vraiment entendre de réponse.

— Écoute-moi, au lieu de gueuler comme un vieux et de balancer des subjonctifs à la con. Parce que tu es vieux.

Ça… Bobo.

Sa petite voix nerveuse.

On y était, j'ai pensé. Mon estomac s'est contracté, lui aussi.

— La maison de Jurmala, c'est toute ma jeunesse. J'y ai passé presque tous mes étés, jusqu'à ce que mes parents divorcent. Mon père, c'est Jérôme Valter. LE Jérôme

Valter… Enfin, mon père… Uniquement adoptif, j'avais deux ans quand ma mère s'est mariée avec lui. Mon vrai père, je ne sais pas qui c'est. D'ailleurs, je ne suis pas sûre non plus que ma mère le sache… Tout ça, je l'ai vaguement senti au moment de leur séparation. Gilles disait que c'était un musicien irlandais de passage.

— Tu n'as aucun souvenir de lui ?

— Non, j'étais trop petite. Mais je ressens parfaitement l'impression que ça faisait de sauter sur ses genoux, j'avais l'impression d'être une orange… C'est tout. C'est pourquoi j'ai gardé le nom de ma mère, Mernotte. Suzanne Mernotte. Mon père, le second, le Jérôme, ne s'y est pas opposé ni avant, ni après. D'ailleurs, celui-là, je ne l'ai jamais revu, depuis six ans maintenant…

— Tu lui en veux à ce point ?

— Pourquoi crois-tu que je suis ici ? À lutter contre ses agissements ? À vouloir sa ruine ? Sa déchéance ? Je pourrais être ailleurs, je te signale. Les zones sensibles, ce n'est pas ça qui manque.

Très calmement, elle m'a exposé l'état de sa « famille ». Un vrai roman du XIXe. Le grand-père, le patriarche, Alphonse, celui qui avait fondé son petit empire à la force de ses accointances politiques et grâce à des magouilles diverses, banales à l'époque des « Trente Glorieuses ». Et qui a eu trois fils, Jérôme, le plus jeune, le plus diplômé, écoles anglaises et tout le bordel, celui qui lui a succédé, le père adoptif de Claire, divorcé et remarié avec Liana, une Italienne flamboyante, elle-même fille d'un industriel milanais et déjà mère d'un petit garçon. Il y avait aussi Roland, l'aîné, dont elle n'avait rien à dire, un gros con qui dilapidait ses dividendes sur les *dance floors*. Officiellement DJ dans la jet-set. Et celui du milieu, celui dont elle avait été le plus proche, Gilles, celui qui, dans un roman à la Zola, aurait peut-être eu le rôle de fils maudit.

— Pourquoi maudit ?

— Parce que.

Fermée comme une huître. J'ai tout de suite senti que, là, il y avait un nœud. Sans doute pas le principal, le gordien, celui qu'on ne peut pas défaire, mais un lacet serré serré qu'on met mille ans à dégommer.

— C'est avec eux que tu te retrouvais à Jurmala ?

— Oui. Mon père, ma mère et Gilles, surtout. Roland, lui, ne venait que rarement, il préférait aller faire le cacou à Ibiza.

— Et Gilles, il fait quoi ?

— Pas grand-chose. C'est « l'artiste » de la famille. Il peint. Je ne sais pas où il en est, mais j'ai vu quelques expos de ses toiles. Je ne pense pas que c'est Léonard de Vinci, mais c'est mieux que Bernard Buffet.

Ça ne m'avançait pas. Ça ne me concernait pas vraiment, la vie des riches et des nantis. C'est toujours d'un ennui insondable. Je ne voyais pas encore ce que je venais faire dans ce tableau pompier.

— À Jurmala, c'était comme un paradis. La grande plage. La Baltique, inchangée de jour en jour, l'été. Les glaces à l'eau, ça, ils savaient les faire… Tu ne me croiras pas, mais il faisait toujours beau et la mer était presque chaude. Très argileuse, en plus. On sortait de l'eau avec une peau très douce.

Là encore, Bergman, *Monika*. Le premier film où l'on

pouvait apercevoir des seins nus de jeune femme. À la peau argileuse, sans doute.

— Et, avec Gilles, on s'amusait beaucoup, un vrai gosse, mon oncle…

Sa voix, devenue profonde. J'ai senti qu'il y avait, là, quelque chose de noir, de sombre, d'irrésolu. Que c'était là que se situait la valeur puante du problème, ce foutu imbroglio qui avait incurvé le fil du temps, le sens de l'Histoire et la bonne santé des neurones.

Claire s'est tue, butée.

Au bord du ravin. Je l'ai laissée mariner, je ne me voyais pas jouer au psychanalyste de merde, bien tranquille dans son fauteuil, prêt à entendre l'inaudible sans bouger un poil de ses sourcils. Comme si elle m'avait compris, elle s'est allongée sur le lit, la tête reposant sur l'un de ses avant-bras, regardant fixement la fenêtre, aussi noire et obscure que la toile de Matisse.

— Je vais te dire quelque chose que je n'ai jamais dit à personne. T'en as peut-être rien à battre, mais c'est un peu pour ça que, sans le savoir, t'es parti à Jurmala…

— Aah, tu avoues que t'as tout fait pour m'y envoyer !

— Oui. Ça n'a pas été très difficile… Toi aussi, t'avais un truc à régler…

C'était vrai. J'étais parti comme un petit soldat, exercer une petite vengeance personnelle, brûler la maison de cet ennemi qui avait brûlé la mienne…

Elle a fermé les yeux.

— Un après-midi, il faisait chaud, très chaud, je m'en souviens. Je suis revenue de la plage, avec Gilles. J'avais quatorze ans, j'étais formée, une vraie naïade, j'avais les cheveux collés par le sel, j'étais en sueur, j'étais heureuse…

J'ai cru faire le devin, le malin, le sagouin.

— Et Gilles a tenté de te violer.

— Non.

Elle s'est recroquevillée.

— Non. Pas Gilles.

J'étais debout, au milieu de la pièce. Sonné, comme tapé par Sonny Liston. Si ce n'était pas le frangin, c'était donc le père, dont elle ne parvenait même plus à dire le nom.

— Et il n'a pas tenté, comme tu dis. Il l'a fait. Et Gilles a tout vu. N'a pas bougé. N'a rien dit.

Lentement, je me suis assis à côté d'elle, sans la toucher. À ce moment-là, cette fille malheureuse était plus dangereuse qu'un molotov en plein vol.

— C'est resté dans le chaud et merdeux cocon de la famille. Aucune plainte. Gilles n'a jamais voulu témoigner. Personne n'a moufté. Tout s'est déréglé. Ma mère, que j'avais mise au courant, a hurlé qu'elle en avait marre de cette famille pourrie, a demandé le divorce, un mois après. À ceci près qu'elle a, j'en suis sûre, acheté son divorce. Depuis, elle vit d'une rente, à La Baule, tu vois le genre, c'est mieux qu'une pension alimentaire… Alors… Alors…

Elle a respiré très profondément.

— Je ne la vois plus non plus, ma mère. Je ne peux pas. C'est impossible. Elle aussi a fermé sa gueule…

J'ai attendu la conclusion, qui n'est pas venue. Quand je me suis tourné vers elle, elle s'était endormie, épuisée.

Elle m'avait déjà avoué qu'elle réglait ses gros ennuis en dormant comme une brute.

Je l'ai recouverte d'une couverture et je me suis allongé à ses côtés, à distance réglementaire. Avant de m'endormir, j'étais cassé brisé démantelé, je me suis demandé si elle ne continuait pas à me bourrer le mou, le moi.

À question idiote, réponse idiote. Comme dans *Le Petit Prince…*

7

La semaine qui a suivi a été pleine comme un œuf d'oie. Tous les jours, ou presque, les nouvelles confortant notre victoire tombaient les unes après les autres. Après l'État, ce fut à la Région de se désinvestir. Et, enfin, le vendredi, la société Valter & Frères annonça qu'elle abandonnait, après deux ans de bordel, le projet de la plateforme multimodale de Zavenghem. Mêmes mots : trop cher, trop complexe, trop dangereux politiquement. En impensé : pas assez de pognon à se faire sur ce genre de dossier merdeux. Les Valter préféraient se tourner vers le toujours problématique canal du Nord, un énorme chantier reliant la région parisienne au bassin nordiste, à l'étude depuis au moins la disparition des dinosaures.

Ces nouvelles ont arraché un léger sourire à Claire. Qui, depuis son grand déballage, était restée fermée comme un belon. Je l'ai laissée tranquille, je ne vois d'ailleurs pas de quel droit je me serais permis de la pousser dans d'autres retranchements, aussi boueux qu'une tranchée verdunoise.

Le samedi, encore une fois chez les Bournard, c'était là où la cour était la plus vaste, on a re-fêté ça. Au moins deux cents personnes. Cubis en masse, patates grillées au barbecue et tartes à l'oignon. Pas de bidoche.

L'hiver approchait et c'était sans doute la dernière grosse fiesta de l'année. Ça a rigolé, ça a gueulé, ça a chanté. Certains ont même pleuré. On n'avait pas invité officiellement de journalistes et d'équipes télé, en sachant très bien qu'il y en aurait, mais, au premier coup d'œil, ils n'étaient pas venus. Tant mieux. Ils se pointent seulement quand le sang coule.

Dans les trois fermes résistantes, peu de changements non plus. Même si diverses menaces, haine et rancœur émanaient parfois de nos anciens « ennemis ». Il y a eu plusieurs alertes. Une nuit, des inconnus ont tiré, au fusil, sur la ferme des Cragnier. Mais seules quelques tuiles et ardoises ont morflé. Les deux camionnettes de la ferme des Pragnard, celle située le plus au nord de la zone sensible, ont été incendiées. Pas trop grave, elles devaient passer au contrôle technique qu'elles n'auraient, n'importe comment, pas eu. Nous, on n'a pas bougé. Nos avocats ont porté plainte contre X, pour la forme.

Peu de zadistes ont abandonné le site. Un quart environ. La plupart sont restés sur place, heureuse d'avoir trouvé chaussure à son pied. Décidée à développer sa récente pratique. Le maraîchage et les cours du soir se sont subitement multipliés dans les parages.

Chez moi, presque pareil qu'avant. Seul un couple est reparti vers les Alpes-de-Haute-Provence, attiré définitivement par la bonne odeur du fromage de brebis. Les autres sont restés, certains avaient même trouvé des CDD dans le coin.

Sans vraiment l'être, Claire était toujours là, elle aussi. Par indécision. Anéantie. Ne sachant plus vers quoi tourner sa rancune. Presque toute la journée, penchée, autiste, sur son ordinateur. Je n'ai pas beaucoup parlé avec elle, sauf une fois où il avait fallu que je la calme. À la suite d'un repas arrosé et d'une remarque malencontreuse, un pur truc de mec, elle s'était mise à hurler que jamais, au grand jamais, elle n'accepterait les mains d'un mâle sur elle. Quelqu'un lui a opposé le bel Adolfas, elle a haussé les épaules, traitant son contradicteur de gros nul, car il ne s'était même pas aperçu que le Lituanien était homo.

Quant à moi, petit à petit, je me suis mis à faire passer l'idée que j'allais me barrer. Que je désirais vendre la baraque, ma ferme. Mais que je ne voulais pas en faire une merde d'opération immobilière. Que je n'avais pas l'intention de me faire du fric sur ce tas de briques patinées de tristesse. Et que j'aimerais bien que ça soit eux qui restent là. Ils étaient surpris, et ravis, et partants, il suffisait de savoir comment on allait procéder. Avec l'aide de nos amis avocats, on a monté le truc, une sorte de viager. Ils deviendraient proprios à ma mort, en me versant, entre-temps, un loyer relativement dérisoire. Quand ils pourraient, j'avais précisé. Je les connaissais. J'avais confiance, même si je ne tablais pas sur une quelconque régularité.

Claire ne se prononçait pas. Pour l'instant, elle était solidaire des trois couples désirant rester là. Elle venait de décrocher un emploi temporaire à la médiathèque de Saint-Omer, en avouant que c'était impeccable que les femmes tombent enceintes à répétition.

C'était une plaisanterie, bien sûr.

Pour ma part, j'ai fait les comptes. Il ne me restait pas beaucoup de pognon, même si je vivais chichement, les bienfaits de la communauté. En plus, j'ai fait, avec mon Toyota, quelques remplacements de livraison, les maraîchers de Somme liquidaient, avant l'hiver profond, leurs stocks. Sur la route, j'ai même croisé ce gros salaud de Baltik, avec son camion tout neuf. Comme j'avais l'espoir de récupérer mes deux oreilles, je ne l'ai même pas regardé. J'ai également vendu, genre vide-grenier, tout ce dont je n'aurais plus jamais besoin. Rassurant : aucun pincement au cœur quand j'ai bradé les vieux meubles de famille. J'avais tout simplement décidé qu'ils étaient un rien moches.

Du coup, quand j'étais libre et désœuvré, j'ai commencé à transformer mon petit camion en caravane sauvage. Avec du matos de récup. Le lit, les placards sous le pieu, un tout petit coin-cuisine, surtout un frigo et une plaque à camping-gaz. Glütz était souvent là, comme s'il inspectait son futur proche. Dès que le lit a été construit et qu'un matelas, quasi neuf, s'est étalé dessus, le chat a été le premier à tester l'élasticité du couchage. Vautré au milieu du pieu, il me regardait fixement, semblant me dire : pourquoi un truc à deux places ?

Claire est quelquefois venue m'observer en train de bricoler mimile.

— Tu vas vivre là-dedans ?

— Je crois. C'est cosy, non ?

— Ça, pour être cosy, c'est cosy, elle a dit en riant. C'est même cosy fan tutte.

C'était la première fois depuis longtemps que je la voyais plaisanter, spontanément. Je lui ai souri.

— Et tu vas aller où ? elle a demandé à voix très basse. Dans le Vercors ?

— Un peu partout. J'ai un énorme penchant pour la tour de Pise.

Elle ne s'est même pas gondolée.

— Non. Je déconne, mais pas tellement, d'ailleurs... J'ai envie d'aller voir, depuis longtemps, toutes les Venise. Celle du Perche. La Ferté-Bernard, je crois. Martigues, la provençale. Montargis, celle du Gâtinais. La verte, en Vendée. Colmar, en Alsace. Bruges, la Venise des Flandres...

— Tu oublies Amiens, la petite Venise du Nord, c'est pas très loin, tu pourrais y aller en patinette... Et Annecy, la Venise des Alpes, c'est pas tout près, mais y a le TGV.

— Et Sète, la Venise du Languedoc. Et le Venezuela, dont le nom vient de Venise, là, je ne peux y arriver qu'en pédalo...

— Camille, quand deviendras-tu un peu sérieux, normal ?

— Normal ? Et c'est toi qui dis ça ?

Elle est redevenue grave comme un gisant.

— Je vais te dire quelque chose, mais ne gueule pas, ne monte pas sur tes grands chevaux, ne m'insulte pas et ne me traite pas de petite conne.

— C'est mon genre, tiens.

— J'ai retrouvé Gilles. Je sais où il est.

Le ciel m'est tombé sur le crâne. Une espèce de marteau céleste. En quelques secondes, boum, quand notre cœur fait boum, j'ai fait tout le diagramme. C'était clair. C'était

Claire. Jurmala bis. Elle allait compter sur moi pour approcher son oncle. Et pourquoi ? Pour le supplier de témoigner, pour traîner son père en justice et bien niquer la famille Valter pendant un bon bout de temps ? Je n'ai pas pu m'empêcher de penser au mec de Vendée, là, celui du Puy-du-Fou, bousillé par les « incartades » de l'un de ses fils, cachées pendant longtemps et révélées tout en bloc…

— Il peint toujours. Il a changé de nom, il se fait appeler John Cleveland. On croit rêver…

Je me taisais toujours. J'étais du genre Maxwell, qualité filtre, je n'avais rien à rajouter. L'impression d'être devant une grosse armoire normande qui dégueulerait une masse d'archives nauséabondes. D'un coup d'un seul, on était loin de la ZAD et des zadistes. Même si de grosses saloperies traînaient autour de nous, menaçantes, dérangeantes. Il n'y avait pas beaucoup de rose et de bleu dans les jours que j'allais vivre bientôt. J'étais comme détruit. En très peu de temps, je m'étais enfoncé dans une fosse septique générale, dans un lisier existentiel. En voulant faire mon zadiste perso. M'opposer brutalement à ce monde qui, d'une certaine façon, avait pensé me détruire peu à peu, faisant sauter mes petites barricades égotistes une à une, alors que la masse des êtres s'en foutait. Tout cela en me « radicalisant », comme on dit maintenant, en plantant des flèches dans ma vie d'avant.

Mais pas question de refaire le coup de Jurmala.

— Si tu crois que je vais aller buter ton violeur, tu te trompes. Ah, petite fille, ce que tu te goures…

— Camille… Je ne te demande rien.

Toujours très calme. Calme Claire.

Mais, à l'intérieur, dans mes neurones aplatis, c'était subitement la guerre.

J'ai pensé à Stendhal qui, s'emmerdant à mort à Civitavecchia, s'était donné comme règle générale : SFCDT, *Se Foutre Carrément De Tout.* Je ne pouvais plus composer. Fallait y aller. Je n'allais pas, comme Dylan, m'asseoir au bord de l'eau et regarder la rivière couler. D'ailleurs, dans sa chanson, il précisait :

> *Why only yesterday I saw somebody on the street*
> *Who just couldn't help but cry…*

— Je sais ce que tu penses, elle a craché, bravache.

— Et alors ?

— Alors, t'as raison de penser à ça.

Voilà ce qui compose le futur.

8

C'est ainsi que nous sommes arrivés en Suisse. Pardon, en Confédération helvétique. Gilles Valter, alias John Cleveland, s'était réfugié dans ce beau pays où les banques sont construites en chocolat. Normal. Pas dans un village pourri comme Gstaadt ou Davos. Non. À Grindelwald, Oberland bernois. Normal.

— À ton avis, pourquoi la Suisse? C'est un peintre, Gilles, il aurait pu choisir Giverny, New York, les Marquises ou Touamotou…

— Les Valter ont dû planquer du pognon à Zurich. C'est ainsi plus facile pour eux de le payer chaque mois.

Imparable.

Claire, donc, m'accompagnait. Impossible de faire autrement. Elle m'avait expliqué. Elle espérait le drame. Gilles, loin de tout, avait besoin, peut-être, de ce genre d'électrochoc. Revoir, après de nombreuses années, sa nièce meurtrie.

Elle avait accepté de faire le trajet dans mon «van» Toyota. Presque une passagère clandestine, car elle n'était pas à prendre avec des pinces à sucre. C'était plutôt une masse de poivre noir, et pas d'Espelette. Ne pas compter sur elle pour me remercier dans cette opération de reprise familiale. Elle ne parlait pas beaucoup, elle écoutait, en boucle, deux CD de musique mongole.

Moi, j'étais relativement détendu, je m'apercevais que j'adorais voyager, conduire, rouler, tracer, aller loin. Ne rien laisser, ou peu, derrière soi. Ne pas savoir sur quoi ça déboucherait, tout ça.

Nous avons fait un arrêt dans le Jura, pas très loin du lac de Saint-Point, vers Pontarlier, aah les gros tas de fumier fumant devant les fermes, au bord de la route ! et nous avons réussi à dormir dans la camionnette sans obligatoirement se mélanger. Résultat : j'ai dormi par terre.

La douane, juste avant Les Verrières, a été franchie sans problème, j'ai pensé qu'Interpol, ce n'était pas encore ça, Adolfas pouvait encore respirer tranquille, les informations avaient du mal à circuler, mais pas les gens.

En Suisse, le pays où trônaient des magasins Migros tous les vingt kilomètres, nous étions vraiment ailleurs. Mais pas version guerre, pauvreté, problèmes sociaux. Ici, la guerre opposait géraniums et pélargoniums. La pauvreté était en dessous de trois zéros. Et les problèmes sociaux étaient sujets à referenda, où la réaction gagnait toujours. Tout cela dans un paysage aussi évident qu'une carte postale. Du moins pour ceux qui aiment la petite montagne, qui sont impressionnés par la moyenne montagne, qu'on voit partout, et qui bavent devant la haute montagne, qu'on voit toujours de loin. Sans parler des routes presque glacées, des grosses vaches pétantes et des grasses maisons trapues, blanches ou écrues, qu'on ne remarque même plus, à force.

Évitant Berne, nous avons foncé vers le lac de Thun et Interlaken. Rouler sans mollir. Sans risque. Sur des routes nettoyées au kärcher. Quelquefois, on s'arrêtait pour pisser et, là aussi, c'était la Suisse, les chiottes publiques d'autoroute étant d'une propreté quasi proverbiale, on aurait pu y dormir par terre. On en profitait pour acheter des *sugus*, des petits caramels aux fruits dont Claire avait annoncé que c'étaient les meilleurs bonbons du monde. Pour manger, sur le pouce, y avait souvent des petites saucisses, des pouces de plus.

À Interlaken, nous avons garé le Toyota sur un parking, gardé et sécurisé bien sûr, et direction le petit train à crémaillère pour Grindelwald.

Un train minuscule et uniformément rouge, carrément vermillon comme un géranium. La neige n'était pas encore tombée en masse, dommage, car quoi de plus beau et rassurant que de voir foncer, à travers un immense champ de neige helvétique, d'un blanc, comment dire… *propre*, un petit train dont l'inexorable progression fait monter, pour certains, le sang à la tête, et, pour d'autres, le rouge aux joues.

Je pensais arriver dans une de ces stations classe, comme Zermatt, où se prélassent les puissants et les richards de ce monde, en jacquards, culottes de peau, et vastes godasses de daim, avec des tronches à avoir laissé les anoraks multicolores et les skis dernier cri dans le hall de l'hôtel quatre étoiles. Raté. La gare était minuscule, la ville plutôt disparate, même si la rue centrale débutait par une rangée de courts de tennis et se continuait par tous les magasins dorénavant traditionnels, du genre Vuitton, Zara et Koukailles. Et les gens, dans les rues calmes et policées, ressemblaient à ce à quoi les habitués de l'intersaison devaient ressembler. À des ombres bronzées.

L'hiver arrivait à grands pas, mais la neige n'était pas encore réellement tombée. Il n'y avait, çà et là, que des plaques d'un blanc sale aux pieds des sapins.

Grindelwald s'étalait sur le versant d'une moyenne montagne, opposée au drame. Le drame, c'était la face nord de l'Eiger, l'ogre, juste au-dessus de la ville. Un immense mur sombre et menaçant, une des faces nord les plus redoutables, crainte absolue des plus fondus des alpinistes. J'ai appris, plus tard, qu'il y avait encore un grimpeur japonais pendu au beau milieu, congelé et indécrochable. Encore une légende alpine, sans doute.

Juste derrière l'ogre, à moitié caché, il y avait le Mönch, le moine, massif et presque débonnaire. Et, ensuite, la Jungfrau, la jeune fille, toute blanche, élégante et gracieuse. Ces trois sommets dans les quatre mille. Pour moi, immédiatement, c'était la famille Valter, l'ogre, c'était bien sûr le père, le moine, Gilles, retiré dans les sapins, et la jeune fille, Claire, bien sûr.

Je ne lui ai pas fait part de cette pensée vertigineuse, elle se serait largement foutue de ma gueule.

Il était un peu plus de quinze heures. Nous avons mangé dans une gargote, des rösti et de la salade. Pas la peine de se bétonner l'estomac. Quoique.

L'ambiance, dans le petit resto, était blonde et tiède. Et le Fendant abrasif. J'en ai lâchement profité.

— Claire… Pourquoi, selon toi, je suis là, avec toi ?

— Pour m'aider, je crois.

— Et pourquoi je veux t'aider ?

— Ah, tu m'emmerdes, c'est parce que tu veux me baiser. Dis le contraire !

— Mais non, je, je, ce n'est pas

— Je ne t'en veux pas… C'est normal. Mais t'as pas de bol, t'es comme un acteur dans un vieux film américain, un mec un peu neuneu qui tombe sur la néfaste absolue qui va l'entraîner en enfer…

— Et c'est toi la néfaste absolue ?

— À ton avis ?

— À mon avis… tu n'es qu'une petite fille malheureuse.

— C'est ça.

Mais j'avais l'impression qu'elle ne le pensait pas. Elle parlait plutôt comme une méchante Fifi Brindacier.

Une sorte de télésiège vers First. Parce qu'il s'arrêtait à Bort. De là-haut, on voyait parfaitement l'Eiger, et, à ses pieds, la Kleine Scheidegg, le col qui menait vers Wengen et Mürren, stations mythiques. On pouvait aussi admirer le gros massif du Wetterhorn, à l'est, et, au milieu, dans une tranchée, la cime lointaine du Finsteraarhorn, le plus haut des sommets de l'Oberland, excusez du peu, plus de quatre mille trois cents mètres. J'avais bien étudié les panneaux apposés un peu partout.

On a trouvé assez facilement l'adresse que Claire avait

dénichée, à la force de la souris, celle d'un certain John Cleveland.

— Qu'est-ce qu'on fout là ? j'ai demandé à nouveau.

— On est comme dans la ZAD, on résiste, elle a répondu. Il ne faut pas qu'ils se croient tout permis.

Ben tiens.

La maison où se trouvait peut-être Gilles était une vieille ferme traditionnelle retapée. Murs en bois sombre, bardeaux découpés, petites fenêtres à carreaux. Seule variante, une verrière tranchait la façade, ça sentait son atelier. Il y avait des bacs à géraniums devant chaque fenêtre. C'était très joli et très chiant.

— Comment on fait ?

— Tu me laisses me démerder, c'est mon oncle. T'es là un peu comme un garde du corps. Ça l'empêchera de vouloir me taper, si ça tourne mal…

— Ah ouais, d'accord, sympa.

Comme si ça pouvait être aussi simple…

Elle a frappé à la porte d'entrée sur laquelle il y avait une sorte de petit monstre en bois sculpté. Moi, j'avais mal au ventre. Je n'osais imaginer ce qu'éprouvait Claire.

La porte s'est ouverte.

J'ai eu l'impression d'être au cinoche.

Deux êtres se sont regardés et on ne peut pas dire qu'une douce musique se soit élevée dans leurs cœurs.

Gilles ressemblait à un petit vieux détruit. Sans doute par l'alcool. Ou autre chose, va savoir. Le gris de la peau. L'œil un peu jaune. Le ventre rebondi, comme en trop. Il n'avait pas vraiment l'air ni bouddhiste, ni zen, ni Cleveland, ni rien.

— Laisse-nous rentrer, tonton, ou bien on passe en force.

— Comment tu m'as trouvé ?

— Internet, c'est Dieu, il voit tout, il sait tout, et il s'y connaît en peinture…

— C'est qui, lui ? il a marmonné en me montrant du menton.

— C'est mon avocat. En plus, ceinture noire de karaté.

— Je vais appeler la police…

— Vas-y. Te gêne pas. T'es chez toi.

Il nous a observés. Mou. Ce mec était mou, je l'ai senti tout de suite. Il a un peu piétiné sur place, ses mains étaient pleines de traces de peinture et il avait l'air d'avoir subitement soif, très soif.

Je les ai laissés se regarder en petits gnomes de faïence. Me frottant avec assurance contre ce petit salaud, je me suis avancé dans la pièce, allant vers une minuscule fenêtre donnant sur une grande prairie, derrière la baraque. Un chevreuil, ou un chamois, se baladait, plus loin, à l'orée d'un petit bois. Tout était un peu irréel. Ou, plutôt, tout était complètement irréel.

Gilles s'est écarté, lentement, pour que Claire puisse entrer. Alors il est passé, tête et épaules avachies, dans l'autre pièce et on l'a suivi. C'était son atelier. Un grand désordre. Plein de toiles accrochées aux murs. Des merveilles. Je m'attendais à des croûtes, mais c'était le fruit d'un travail intense, dans une ligne précise, façon Nicolas de Staël en villégiature à la montagne. Sur une petite table, de grosses traces colorées, multicolores, de peinture à l'huile, des tubes écrasés et pas mal de bouteilles vides. Gilles s'est dirigé vers un buffet, en a sorti une bouteille carrée de Jack Daniel's, en a versé une belle rasade dans un gros verre, en a avalé une grande lampée et s'est tourné, jambes écartées, vers Claire.

— Sache une chose, ma petite. Jamais, tu m'entends, jamais, je ne témoignerai contre mon frère. Je t'aime beaucoup, mais c'est une chose que je ne ferai jamais. C'est sans doute un salaud, mais ce n'est pas le seul. Et toi… D'une certaine façon, tu t'en es tirée, toi… Tu es là. Moi, je vis avec cette tare en moi… J'en vis bien, remarque... Je suis grassement payé pour fermer ma gueule. N'ayant plus rien, j'y tiens.

— Tu touches du fric sur ma détresse, a répondu Claire.

— Exact. Mais il n'y a pas mort d'homme.

— Gilles, écoute-moi…

— Non. Je ne t'écouterai pas. Tu es venue jusqu'ici pour que dalle. Tu peux repartir tout de suite avec ton pitbull. Je n'ai aucune envie de repenser à de telles choses. Et à des saloperies… Aucune envie…

Et il a rempli à nouveau son verre.

N'en perdant pas une de cette scène cornélienne, je vaquais dans son grand atelier. Je regardais Claire pour savoir quand elle abandonnerait le combat. Et, en douce, j'ai sorti mon portefeuille et pris le petit sachet de LSD, tapi là depuis un bon moment. Personne ne faisait attention à moi. J'ai versé le contenu du petit sachet dans le verre de Jack. Irréparable. Impossible de faire marche arrière. Mais entre Gilles et Claire, j'avais choisi les taches de rousseur.

— Gilles… elle a dit, implorante.

— Claire… il a rétorqué. N'insiste pas, ça ne servira à rien. Je ne peux pas. Ça ne ferait que du mal, en plus…

— Ça me servirait, à moi.

— En es-tu sûre ?

Ils ont continué à bavasser, à brasser du vent, par énigmes, un vrai dialogue de sourdingues, mais je ne les écoutais plus. Je regardais les tableaux, qui, tous, étaient sujets à interrogations. Ils montraient des trucs, mais parlaient d'autre chose, c'était évident. J'ai repensé, une fois de plus, à l'une de mes œuvres préférées, *L'Asperge* de Manet. La petite asperge, vite peinte, que le peintre avait donnée gratos à celui qui lui avait commandé, et payé grassement, la botte entière. C'était certes une asperge, mais ça pouvait être tout aussi bien un doigt de cadavre, ou même un sexe d'homme coupé.

Et puis je suis revenu au monde. Claire avait haussé le ton.

— Dis-toi bien, elle a menacé, l'ongle de son doigt dressé, dis-toi bien que si je porte plainte, tu seras obligé de venir t'expliquer.

— Vas-y. On est en république… Même en Suisse. Tant de temps après, y a de grandes chances que tu passes pour une hystérique confabulante.

Je suis intervenu, un peu contre le cours du jeu.

— Mademoiselle Claire, est-ce que vous voulez que je lui casse la tête ?

Gilles a un peu reculé, sous la menace. Et en a profité,

passant à côté de la petite table, pour boire, cul sec, son verre de Jack.

Elle n'a rien dit. A longtemps regardé son oncle, comme si elle voyait à travers. Et puis, au bout d'un long moment, elle s'est ébrouée.

— Tu es devenu un bon peintre, tonton... Et un humain dégueulasse. Ça va ensemble... C'est la dernière fois que tu me voies.

Elle m'a fait un vague signe et nous avons quitté le chalet. En descendant la pente herbeuse, je pensais que, dans une vingtaine de minutes, Gilles allait avoir la révélation de sa vie. Soit il saurait qu'il est le plus grand peintre du siècle, soit...

Nous sommes redescendus à pied jusqu'à Grindelwald. La nuit tombait. Manquait plus qu'une neige lourde et lente pour se croire la nuit de Noël. Claire n'a pas prononcé un mot. Quand nous sommes arrivés en centre-ville, elle m'a regardé, vide.

— Merci d'être venu avec moi jusqu'ici, Camille. Pour rien, mais merci quand même... Je suis épuisée. On va prendre une chambre d'hôtel et on repartira demain, très tôt. On reparlera alors de tout ça.

Nous avons trouvé un petit hôtel, un peu désuet, cossu mais familial, près de la gare. Surprise, la chambre était petite mais la literie somptueuse, avec des édredons gonflés de plumes d'eider.

Il était tôt, mais Claire est tout de suite allée se laver les crocs et, devant moi, qui ne savait pas trop quoi faire, s'est entièrement déshabillée pour se coucher, en me souhaitant bonne nuit.

Vacherie, j'étais trop tendu.

Les seins d'Elsa Martinelli, fini. Désormais, il y en aurait d'autres.

Et le haut des fesses. Deux secondes. Comme celui de Françoise Dorléac dans *Cul-de-sac*.

Je suis ressorti me balader dans le gros village. Il faisait nuit. À ma grande surprise, il y avait une lumière en plein milieu de la terrifiante face nord de l'Eiger. Ça l'humanisait un peu, mais pas tant que ça, c'était peut-être le lumignon d'un alpiniste en détresse. J'ai appris, après, dans le fast-food où je tentais de déguster une fondue ignoble, que ce n'était qu'une fenêtre d'aération du petit train qui, à l'intérieur de la montagne, montait vers le Jungfraujoch.

En sortant du boui-boui, au-dessus des chalets, en direction de Bort et First, la masse montagneuse était sombre et aveugle et ne se découpait qu'à peine sur le ciel. C'était dans ce trou noir qu'habitait Gilles, qui en ce moment devait, en psalmodiant des poèmes de Ginsberg, grimper aux rideaux. Je n'éprouvais aucune honte. Aucune.

Il y avait quelques étoiles. Demain serait une belle journée, comme bave en permanence Monsieur Météo, en pleine épectase. J'avais toujours, dans le fond de l'œil, la lueur persistante du corps pâle de Claire, blond et parsemé de rousseur.

Devant une vitrine, en centre-ville, un attroupement. Je me suis approché. Un match de foot. Ça m'a ramené en enfance.

On ne voyait plus, de nos jours, dans nos nuits, ces

curieux agglomérats devant les magasins d'électroménager, ces petites troupes d'individus maussades et attentifs, regardant les multiples images sortant d'un empilement de postes de télévision. Spectacle silencieux, le son ne passant pas les grilles de protection ou les vitres blindées. Les matches étaient ainsi sonorisés par les bruits de la rue, les feulements des voitures, les battements de semelle, les klaxons lointains, les toussotements du voisin ou le sempiternel marmonnement de celui qui parle tout seul. Je me suis demandé pourquoi tous ces gens n'étaient pas au chaud, chez eux, pour mater, tranquilles, la victoire du FC Bâle ou des Young Boys. Ne voulaient-ils plus, tout simplement, subir des commentaires pléonastiques ? Se faire tartiner de sucreries musicales redondantes ? Pourquoi ce genre de truc était-il de plus en plus rare ? La raison en est simple. Chez soi, le hublot de la machine à laver est devenu plus passionnant que l'étrange lucarne.

Je suis rentré à l'hôtel, j'ai fait le moins de bruit possible et me suis couché, tout habillé, sur mon coin de lit. Claire ronflait doucement, un bras replié au-dessus de la tête. Un de ses seins s'était échappé du drap.

J'ai eu beaucoup de mal à m'endormir.

Elle a roupillé longtemps, très longtemps. C'est vers midi que nous avons repris le tortillard pour Interlaken. Elle avait acheté des journaux locaux, des torchons régionaux et un journal national. Les nouvelles allaient vite. Claire parlait un peu l'allemand et a compris l'entrefilet de la page huit d'une feuille locale. Un peintre assez réputé,

John Cleveland, était mort, la veille au soir, vers vingt heures, en tombant du toit de son chalet, vraisemblablement, d'après les premiers résultats de l'enquête, un accident. Peut-être un suicide, supputait le journaliste, on ne se balade pas de nuit sur des toits de chalets, ou alors l'alcool était le premier responsable…

Impossible pour moi de faire un quelconque commentaire.

Pour Claire, pareil. Un pan de ses espoirs s'écroulait.

Et alors, dehors, la neige s'est mise à tomber. De gros flocons lents comme des moutons de poussière. Ça y était, un manteau venait recouvrir peu à peu les horreurs du monde.

Immanquablement, sur le trajet du retour, un peu partout, on est souvent passé près du « Château » indiqué majestueusement par des pancartes, comme si c'était le deuxième Versailles, ou le Taj Mahal local. Occasion de se reposer un peu, de boire de l'eau, de mâcher un sandwich lamentable, c'était quand même mieux que de s'arrêter sur une de ces aires de repos avec les tables en bois collantes et les poubelles remplies à ras bord.

Et Claire, toujours aphasique, restant prostrée.

À tel point que c'est moi qui ai écouté, comme un débile profond, de la musique mongole. La diphonie, c'est tout ce dont j'avais besoin.

9

Depuis une dizaine de jours, Claire est hors du monde. Elle participe à la vie de notre « communauté », mais ne communique pas beaucoup. Elle ne semble pas vraiment abattue, seulement triste. Pas triste, d'ailleurs, seulement tristoune. Parlant peu. Souriant à peine. Accomplissant, sans rechigner, sa part de boulot. Elle a officiellement arrêté son job, à Saint-Omer, elle reste collée à son ordi, et je pense qu'elle écrit quelque chose. Peut-être un témoignage, une dénonciation, une vengeance sourde, un récit de sa jeune vie. Elle n'avait plus que ça pour balancer le tout. Son seul témoin avait disparu. Et sa participation à la ZAD n'était pas un bon point pour jouer au chevalier blanc. Si elle racontait sa vie, quelle part j'y aurais, moi, le petit bras armé dans l'ombre ?

Ce que je ne pouvais révéler aux autres, qui, eux aussi, étaient déboussolés, ils n'avaient pas leurs yeux dans leurs poches, quand ils me posaient en loucedé des questions bizarres, ils n'attendaient jamais de réponses claires.

Je me forçais à ne pas trop y penser. J'avais affaire avec notre notaire qui tentait d'arranger les ballons. Après Claire, les clercs. C'était presque emballé, ça avait été très rapide. Il était vrai que peu de gens désiraient s'installer dans le coin, après tout ce qui s'y était passé. Et le brochandeur n'avait pratiquement que ça à faire.

Je me demandais quelquefois si j'avais pris la bonne décision. Mais je me rendais compte que je n'aimais plus trop ma région, ça faisait plus de quarante ans que j'y traînais. Mon Toyota était prêt, piaffant.

Un dimanche, à Saint-Omer, en me baladant, je suis tombé sur un marché aux oiseaux. Ça me changeait passablement des quatre moineaux, des trois corneilles, des deux ramiers, de la seule mésange qui traversaient encore ma cour, et des quelques canards qui survolaient les champs alentour. Même si ce genre de petite foire était très légèrement sadique, exposer des zoziaux dont quatre-vingt-dix pour cent sont exotiques et qui, dans leurs petites cages ajourées, se les pelaient donc énormément, s'ébouriffaient énormément et, s'ils piaillaient, c'est qu'ils devaient se plaindre de la température en des termes à ne pas mettre dans toutes les oreilles.

En les admirant, en les plaignant, j'ai évoqué, par le biais, un autre volatile incompréhensible, Claire. Que j'ai comparée à une sittelle torchepot, ce piaf tordu qui se balade sur les troncs, la tête en bas.

Alors que moi, j'étais un vautour.

Ben voyons.

De plus, les occupants de ma ferme entamaient des travaux de façon à faire trois logements et une salle commune.

Tout de suite, j'ai réalisé qu'il n'y aurait pas de place pour Claire. À part chez moi, a finement remarqué l'un de mes co.

Mais un soir, au moment du repas commun, Claire est descendue, entreposant près de l'entrée une dizaine de gros sacs en plastique.

Elle nous a annoncé, la gueule enfarinée, qu'elle attendait un copain et qu'elle partait. Le soir même. Elle rejoignait un autre terrain de lutte. Une ZAD se montait, dans les Landes, du côté de Carcans, pour s'opposer au projet d'une énorme usine traitant le bois, la térébenthine et tout le bordel, beaucoup pensaient à des tentatives secrètes d'extraction sauvage de gaz de schiste, bousillant toute une zone où était prévu, depuis longtemps, un parc de sauvegarde naturelle. C'était Adolfas qui lui avait filé l'info. Des wagons de militants se dirigeaient vers ce site, c'était sûr, un combat aussi durable que nécessaire allait bientôt se dérouler là-bas.

Claire m'a vaguement fait comprendre que, si je le décidais, je pouvais, moi aussi, m'y pointer. Mais son cœur n'était pas dans la voix.

J'étais sur le cul. Claire se barrait. Je m'y attendais un peu, d'une façon informelle, mais c'était brutal.

Mon premier amour m'avait jeté. Le second s'était barré et le presque troisième était en train.

Je ne devais pas être quelqu'un auprès de qui on stationne.

Une heure après, elle était partie et nous, autour de la table, silencieusement, on a mangé des nouilles.

Quinze jours de plus et je me suis enfui.

Ça m'a crevé le cœur de dire au revoir à Glütz. C'était bien le seul être en qui j'avais une confiance totale et qui serait resté près de moi jusqu'à ce que ses os se coincent. Mais il serait bien, ici, dans ma grosse ferme, y avait de la souris en pagaille.

Une autre partie de ma vie se mettait en branle. Il était temps.

Deux jours avant, je m'étais empaillé, dans un estaminet de campagne, avec des biturins qui hurlaient des insanités d'alcooliques impénitents, comme quoi, maintenant, à cause de ces enculés de zadistes, il y avait un bon millier d'emplois qui avaient disparu.

J'ai osé dire, erreur monseigneur, qu'une bonne centaine de milliers de grenouilles allaient survivre… Je n'ai eu une chance de survie que dans la fuite, sous des quolibets m'enjoignant de me barrer, sinon c'étaient mes cuisses qu'ils allaient bouffer, en suçant bien les os…

Je n'avais plus très envie, du coup, de rester dans les parages. J'avais fait le tour.

J'ai attendu la nouvelle année. On a fait une fête, mais c'était un peu triste, personne n'avait vraiment envie de se rouler des pelles sous le gui.

D'envisager de partir et de ranger l'essentiel de mon existence dans la camionnette m'avait fait un bien fou, c'est toujours agréable de résumer. La plupart des gens croient que le bonheur est dans l'entassement alors que, de temps en temps, faire le vide, c'est approcher l'essentiel, le concept.

Ça m'a pris un bon mois. Tout régler. Rien prévoir.

J'avais pratiquement tout laissé dans la maison, du moins ce que mes successeurs pouvaient utiliser. Le reste, je l'ai fait embarquer par les associations et ressourceries du coin. Je n'ai gardé que des vêtements, un peu de linge et de vaisselle, deux dossiers, deux seulement, qui résumaient ma vie et prouvaient qui j'étais. Et quelques livres.

J'ai détruit, d'un coup de talon, mon petit Nokia. N'importe comment, je ne m'en servais plus. En plus, je n'avais aucune envie que tous les flics du monde de la terre puissent me suivre à la trace. Je ne l'ai pas jeté dans une poubelle, mélangé avec du gras de jambon, je l'ai simplement enterré au bord du canal, et si jamais quelqu'un, un jour, le retrouvait, Bakounine aurait déjà sa statue place de la Bastille.

L'extraordinaire, c'est que mon oreille s'est remise, sans prévenir, à fonctionner.

Et quand, un petit matin clair, j'ai démarré, les six personnes restant dans mon ex-ferme, la larme à l'œil, m'ont dit que je pouvais revenir quand je voulais, je connaissais le chemin. Sympa.

À l'étage, Glütz m'observait.

Je me suis barré, je ne savais pas trop où aller, mais j'avais un petit but, une frêle mission. Mûrement réfléchie.

Il fallait finir le travail, je ne pouvais pas faire autrement.

J'allais m'occuper de Jérôme Valter.

Carrément.

Nos songes sont faits de l'étoffe des zéros.

Et, aussi, pour une seule et bonne raison : quoi foutre d'autre ?

Peu avant, j'avais eu la chance de ma vie : aller récurer mon linge dans le Lavomatic du bled le plus proche. En attendant la fin du programme, coton, 40 °C, j'ai patienté en me plongeant dans les hebdos de merde entassés près de la centrale de paiement. Il y avait un numéro avec Lady Gaga à poil sur la couverture, sur lequel je me suis jeté, quand on est un vieux con, faut assumer. Par rapport à Gaga, j'étais un vrai gogo. Mais, rien à se mettre sous la dent. En revanche, dix pages plus loin, le nirvana. Un reportage sur les vacances de la belle Liana, une des héritières Berlunelli, Liana, l'épouse de Jérôme Valter, l'industriel people bien connu. La pétulante Italienne vaquait, avec son jeune garçonnet, et surtout avec sa tonitruante poitrine, sur une plage de l'ouest de la France. L'article disait simplement qu'elle était dans le Morbihan, et allait bientôt être rejointe par son mari, à nouveau, encore une fois, l'entrepreneur people bien connu.

L'article ne précisait pas où c'était. Mais moi, j'ai reconnu tout de suite. Je connaissais par cœur. La plage d'Herlin, à Belle-Île.

Pas de bol. Pour lui. Je continuais à surfer sur une chance incroyable. À croire qu'il y avait un dieu des coïncidences qui n'aimait que moi. Ou une Vérité Supérieure qui m'aidait dans ma quête. Pour une fois, cette vacherie de Claire n'y était pour rien.

On arrivait aux vacances de février. Espérer que la petite famille Valter allait profiter des vacances scolaires pour respirer un grand bol d'air iodé en Bretagne du Sud.

Ça valait le coup d'aller vérifier.

Belle-Île, ce n'était pas que des bons souvenirs.

Ça avait bien changé. Quand j'y allais, jeune, mon père

me parlait toujours de Monet, le peintre. Maintenant, c'était Money. Ça avait commencé avec Alain Delon qui, dans un film, se baignait à poil sur la plage de Donnant. L'été d'après, la population estivale avait augmenté de dix pour cent. Après, il y a eu Mitterrand qui est venu soigner sa boudine du côté de Kervilahouen. Juste après, le délire. Une masse d'estivants, venus tremper la leur dans les eaux cryptoglaciales, malgré le Gulf Stream, des alentours.

Je me souviens bien du Palais. Avant l'arrivée du président.

Quand il ne faisait pas trop beau, avec les parents, on passait la journée sur le port, guettant le bateau, le vieux *Guédel*, ou le rutilant, à l'époque, *Guermeur*, arrivant, essoufflés, de Quiberon. Il n'y avait pas grand-chose d'autre à faire. Les vieux allaient invariablement se torcher dans un bistrot, rigolant fort avec les pêcheurs et vannant comme des goélands. Les moins grands louaient des vélos lourds et grinçants qu'ils poussaient dans les côtes entourant la petite ville, et quand ils arrivaient dans la plaine, loin au-dessus, ils se mettaient à pédaler en plein vent et se faisaient très mal aux mollets. Moi, j'abandonnais la petite plage de Ramonette et je filais sur le port. Et là, je ne faisais rien, je laissais le temps filer, j'observais la vie assoupie, en jetant des coups d'œil vers le ciel, au cas où les nuages voudraient bien laisser passer le soleil nécessaire à la prochaine virée familiale à Herlin, notre banc de sable préféré.

Je n'étais pas le seul à surveiller l'arrivée du bateau. Il y avait toujours deux gendarmes. Je me demandais ce qu'ils foutaient là. Ils n'observaient qu'à peine les passagers descendre. Ce n'était donc pas un trafic mirifique qu'ils tentaient de découvrir. En revanche, quand les voyageurs repartaient, là, ils se postaient de chaque côté de la passerelle d'embarquement et regardaient tout le monde sous les moustaches. C'était très mystérieux.

Moi, assis le plus souvent à même le quai, je rêvais, j'échafaudais les pires des suppositions. Ces gendarmes devaient protéger quelque chose. Mais quoi ?

Il y avait d'autres mômes qui faisaient la même chose. C'est-à-dire, rien. Rien que s'asseoir pas loin du quai, regarder le petit ferry, admirer la mer en silence, là-bas, entre les deux piles de la jetée. Eux avaient l'air d'habiter là. Des fils d'agriculteurs, sûrement, les enfants de pêcheurs, eux, ne regardent pas l'océan, sinon pour guetter le père ou le frère. Ces mômes immobiles attendaient peut-être le moment d'être assez grands pour se barrer de la famille, du boulot, de l'île, tête baissée contre la terre.

Quand il faisait beau, je passais la journée près des grosses vagues glacées, sur le sable chaud, à zoner pareil, à ramasser des coquilles, chercher des dormeurs ou des petites moules. Et, le soir, quand on me ramenait au Palais, je repérais que les gendarmes étaient là, à leur poste incompréhensible, regardant les touristes d'une journée, cuits et harassés par les bains, monter sur le bateau. Peut-être qu'ils étaient là pour empêcher que les femmes des locaux s'enfuient, sans autorisation du mari, à la ville, pour s'acheter des robes de luxe et boire des sodas complexes à la terrasse du Café de Paris. Ou bien le contraire, ils étaient là pour empêcher les maris d'aller se baguenauder avec des filles du continent. Bref, n'importe quoi.

Et les autres jeunes, plus loin, groupés face à la citadelle et au quai d'embarquement, faisaient de même. Ils guettaient. Butés, ils avaient l'air de chercher à comprendre.

Ils paraissaient tellement silencieux, vaguement repliés sur eux-mêmes. Tristes. Sûrement des bagarreurs, comme les gens d'ici. Habitués à ce que les poings remplacent les explications trop compliquées.

Un jour, l'un d'entre eux est venu me rejoindre. Je n'en menais pas large. Il avait un livre à la main, *Paroles* de Jacques Prévert. C'était déjà un peu fantastique. Il s'est mis simplement à me faire la lecture :

« Bandit ! Voyou ! Voleur ! Chenapan ! / Au-dessus de l'île on voit des oiseaux / Tout autour de l'île il y a de l'eau / Qu'est-ce que c'est que ces hurlements / Bandit ! Voyou ! Voleur ! Chenapan ! / C'est la meute des honnêtes gens / Qui fait la chasse à l'enfant… »

Sa voix s'est alors cassée. Et il est reparti vers sa bande. Je n'ai pas bien compris.

Plus tard, bien plus tard, j'ai appris l'existence du bagne pour enfants, à Bruté, dans le bois Trochu. Les gendarmes étaient là pour éviter que les petits bagnards se sauvent en bateau, puisqu'ils ne pouvaient pas le faire à la nage.

Quant à Prévert, il avait écrit son poème après l'affaire de 1934. Les petits colons, là-bas, ceux du bagne, s'étaient révoltés, avaient foutu le feu aux dortoirs, ils en avaient marre des violences, des mauvais traitements et de la bouffe dégueulasse. Et les gens d'ici, plus quelques touristes, leur avaient fait la chasse, une vraie battue aux renards, aidés par une prime de vingt francs de l'époque. On en avait alors beaucoup parlé, ça avait même partagé la France en deux.

Si j'avais su, je les aurais regardés d'un autre œil, ces survivants, tant d'années après. Je me serais mis à les craindre autant qu'à les plaindre, ces enfants mineurs et délinquants qu'on faisait trimer, absurdement, un travail harassant considéré comme punition. Lever à cinq heures, huit heures de boulot. Les sévices, les rétorsions, les conditions de vie. Les gosses, poussés à bout, avaient même tué, bien avant, en 1908, un de leurs geôliers, lors d'une sortie en mer. Mais aussi les permissions où ces enfants butés, apeurés, fragilisés, se promenaient en groupe dans l'île.

Certes, dans les années 60, ça avait dû changer, ils devaient être quand même mieux traités qu'au début du siècle. Mais c'étaient quand même des prisonniers. En plein air.

Quand, en fin de vacances, avec mes parents, nous reprenions le bateau, ils étaient là, assis, moroses, sur le quai, à nous regarder partir.

Ça n'a pas été trop difficile de dénicher la cagna anonyme des Valter. J'avais gardé les photos du torchon et j'ai pu, comme je connaissais déjà, facilement me situer, c'était une belle maison ancienne, à l'architecture locale, basse, murs blancs, volets verts, et, devant, de gros massifs de roses trémières. Dans un tout petit hameau, juste à côté de la pointe de Pouldon. Un des coins les plus arides de l'île, sur la côte sauvage.

J'ai garé, façon camping, mon Toyota de l'autre côté d'un léger vallon, dans un petit bosquet d'ifs torturés par le vent, à trois cents mètres de la baraque, et, là, avec ma paire de jumelles, j'étais aux premières loges.

Décidément, je passais mes jours à mater des résidences secondaires.

Pendant deux jours, le bonheur. Ne rien faire, marcher dans les genêts, admirer, du haut des immenses falaises, l'océan, calme et tapi comme une grosse bête elle aussi au repos. Le couple Valter… Très régulier, un vrai chronomètre suisse. Le matin, Monsieur faisait ses exercices de santé, en jogging jaune citron, et cavalait sur le chemin des douaniers jusqu'à la pointe du Talut. Aller-retour. L'après-midi, juste après le déjeuner, tout le monde allait se promener.

Comme c'était le prodigieux moment des grandes marées, ils passaient, avec leur fils, de la plage d'Herlin à celle de Kerel, en fouillant les rochers pour trouver des crabes, des dormeurs, des étrilles. Ensuite, ils réintégraient leur maison, en file indienne, allumaient la télé et tiraient les rideaux, on ne voyait plus aucune lumière.

Je devais donc agir pendant la rituelle promenade de santé de Monsieur, au ras des gigantesques falaises.

Je me trouvais, dans les moments creux, un peu dégueulasse.

Le soir, j'allais m'arsouiller dans un des rades locaux.

J'avais cherché l'enfumé, le sombre, le rougeoyant de nuit, le populo au doux parfum de Gauloises écrasées, et non pas le feutré mondain, cuir et moleskine, vitres aveugles et anglo-saxonnes. Sinon, c'est facile de se retrouver, de plus en plus souvent, dans ces bistrots à verrières et immenses plantes vertes, anciennement salons de thé et devenus, par l'enchantement d'un architecte intériorisé, bars clairs, aériens, croyant dominer la Neva ou le lac

Léman, peuplés de fauteuils en rotin, décorés de tableaux suavement abstraits, parsemés d'objets de brocante relustrés et arpentés par de placides animaux de compagnie. Comme si, tout à coup, il fallait respirer. Et voir en pleine lumière ceux qui nous côtoient encore, peut-être pour mieux repérer, sur leur peau, à travers leurs rides, les infimes ravages du temps, s'en accommoder, s'en rassurer. Quand, dans nos vies, tout devient sombre, nous faut-il absolument de la lumière ? C'est vrai, quand on y pense, la tendance, pour les cercueils, c'est le sapin clair. Quelquefois peint en blanc.

Mais un bar obtus, irrespirable, il y en avait au moins un, au Palais. Près de l'église…

Deux jours après, le moment est venu.

Un grand ciel bleu diaphane, annonce d'une certaine froideur, l'hiver n'était pas encore parti, on sait bien que c'est le froid qui précise le contour des choses.

Je suis sorti de ma camionnette, et j'ai gagné le sentier des douaniers. En bas, dans les criques blondes, quelques nudistes du genre suicidaire arpentaient déjà le sable vierge. J'ai marché lentement, pour être au rendez-vous à l'endroit adéquat, au-dessus de la pointe de Pouldon, sur le parcours aller de Jérôme Valter. J'avais vaguement enfilé un costume de jogging, en réalité ce qui me servait, le plus souvent, de pyjama, et, à un kilomètre à peine de leur maison, j'ai attendu l'Immonde.

Dix minutes après, j'ai aperçu le survêtement jaune. Le Jérôme entamait son parcours santé et se dirigeait direct vers moi.

J'ai respiré un grand coup, ça sentait l'iode et le goémon pourri. L'odeur du drame et du sacrifice.

Je me suis souvenu d'un soir, à Belle-Île, il y a une trentaine d'années. Silencieux et calfeutrés dans la 403 familiale vert clair, nous revenions à petite vitesse vers nos tentes plantées au-dessus de la falaise, du côté de Bangor. Encore une soirée calme, parents détendus, poissons grillés et cidre bouché pour tout le monde. Tout à coup, dans un tournant, nous avons tous crié en même temps. Une silhouette noire, décharnée, plantée au bord de la route comme un arbre mort, nous a fait signe. Un battement d'épouvantail, une gesticulation de zombi. Mais un geste désespéré, un appel au secours.

Crissement des freins, ouverture des lourdes et épaisses portières.

Et alors, trois individus, mon père, ma mère et moi, marchant précautionneusement sous la lune, s'avancèrent pour ne rien voir. Personne. On appelle. Que du silence, même pas un écho. On vérifie le fossé. Rien. Un vide absolu d'être. Une autre voiture arrive, éclairant la route sur plus de deux cents mètres. Toujours personne. Nous avions tous vu personne.

J'en rêve encore.

L'Histoire donne mal au cœur. Éternel recommencement, elle n'est faite que de tournants et de poubelles.

Foulée après foulée, nous nous sommes rapprochés l'un de l'autre. Je courais, à petite vitesse, vers l'inexorable.

J'étais sûr d'une chose : je n'allais pas tuer, je n'allais pas pousser ce père violeur dans l'abîme. Je n'avais qu'à le punir. Qu'il sente, ressente, avale cette punition, en ne sachant rien sur son tortionnaire, mais, dans un coin de son cerveau et de sa mémoire, il comprendrait ce que ça voulait dire. De façon à ce que ça lui bouffe la vie. Qu'à perpète, il puisse se dire que quelqu'un d'autre, un inconnu, connaissait sa faute.

J'ai enlevé l'écharpe de mon cou, l'entourant autour de mon poing droit.

On allait se croiser.

— Bonjour, j'ai dit en souriant.

— Bonjour, il m'a répondu, distant.

Et quand il est passé à côté de moi, je lui ai balancé, très violemment, mon poing en plein visage. Il est tombé à terre, sans un cri, sonné, à moitié évanoui.

— Saloperie ! j'ai hurlé en m'en allant, me remettant à courir un peu plus vite.

Arrivé en haut du vallon, j'ai osé me retourner. J'ai vaguement aperçu la silhouette de Jérôme Valter, petite marionnette titubante et zigzagante au bord de l'immense falaise.

Quarante mètres plus bas, des vagues en furie.

10

Le ciel est gris, la route est grise et je suis gris moi-même. J'avais quelques jours avant de revenir signer le viager.

Du coup, je fonce vers le sud, direction les Landes et la nouvelle ZAD en installation. Claire, peut-être, s'y trouverait. Je n'espérais pas une médaille, mais je voulais lui confier que j'avais pensé à elle. Maintenant, j'allais vivre ma vie ailleurs, à côté, caché, anonyme, loin des fureurs de ce petit monde mesquin.

Après mon coup de poing rageur, je n'avais pas traîné. J'avais repris le ferry vers Quiberon et, parvenu en haut de la presqu'île, au moment de prendre la quatre-voies, j'ai pourtant hésité, comme dans un jeu vidéo de base. À droite ou à gauche ? À droite. Direction Nantes et Bordeaux. Deux ports anciennement esclavagistes. Oui, l'ambiance est sombre.

La quasi-totalité des voitures que je croisais ou que je doublais étaient noires. Sinistres, et souvent aveugles à cause de leurs vitres fumées. Personne ne pouvait décider si elles étaient d'un noir d'ivoire ou d'un noir de pêche. Quelques autres tapaient encore dans le gris métallisé, genre cabine de douche pleine de vapeur ou carrelage mal rincé. Certaines, en moins grand nombre, restaient péniblement blanches, d'un blanc toujours un peu sale ou poussiéreux, sans parler de toutes ces mornes teintes évoquant aussi bien les diarrhées que les enterrements, et qui oscillaient invariablement entre le presque et le pas tout à fait. De rares véhicules, de plus en plus rares, choisissaient la couleur. Certains à contrecœur, tagués à fond lors d'une virée malencontreuse en banlieue.

Mais, incontestablement, le noir dominait.

J'en avais assez. Les rues, les avenues, les boulevards ressemblaient le plus souvent à des défilés de corbillards éplorés et quelquefois à l'arrivée d'une escouade mafieuse en route pour une expédition punitive. Le moral du piéton et l'espoir de survie du cycliste s'en ressentaient. Ça sentait le sapin, tout devenait sombre, tout paraissait en deuil, et malheureusement dangereux. On se fait obligatoirement plus souvent écraser par une voiture noire qu'aplatir par une bagnole en couleur. Tout le monde pareil. Tout le monde croque-mort. Tout le monde en cercueil, même connecté Google map. Les voitures noires sont comme des coins de mort enfoncés dans la chair des villes.

La déprime me gagnait peu à peu.

Heureusement que, sur mon lecteur de CD, j'écoutais, en boucle, presque télépathiquement, la fréquence « Radio Gnome Invisible », la meilleure antenne pirate du monde de la terre de l'espace de l'univers. Qui rendait hommage à ce cher Daevid Allen, alias Dingo Virgin, Captain Capricorn, Christopher Longcock, Mimi Mimolet, the Alien Australian, Zero the Hero, the Cock Pot Pixie, *and others*, définitivement parti (un vendredi 13 !!) rejoindre ses acolytes frénétiques, les Octave Doctors, sur la planète Gong, en s'embarquant, sans prévenir, à bord du mirifique vaisseau spatial *Flying Teapot*.

Rien de tel pour la route. Planant et énervé. Un peu triste. Genre troisième vitesse. J'avais, il y a longtemps, dégusté son *Camembert électrique*, cru, à fond les manettes, j'avais imaginé faire de la moto sur le *Continental Circus* et je me souviendrai longtemps d'un film, 16 mm s'il vous plaît, d'un concert, dans les années 70, à Jussieu, où le Gong avait abandonné ses odes à la banane lysergique pour ne produire que des décollages et atterrissages d'avions, pendant que, des fenêtres de la fac, tombaient des centaines de rouleaux de PQ.

Quand j'écoutais ça, seul dans ma camionnette, les autres bagnoles, devant et derrière moi, semblaient sortir d'un *Mad Max* dérisoire.

Daevid Allen n'était pas le longiligne baba fumé et pété des neurones, vite rangé sur les étagères molles des allumés irrécupérables. Il venait de la « Planet Gong », territoire beaucoup plus en accord avec son paysage mental et ses désirs de musique à géométrie variable. Il avait, en douceur, sans jamais faire de mal à personne, sans jamais s'attirer haine et mépris, imposé ses théières volantes... Sans baisser la garde. Tout simplement à « côté ».

Un peu comme moi, bibi, je. Cap'tain Camille.

Épuisé, je me suis arrêté dans un Kyriad, à l'entrée de la Roche-sur-Yon. J'aime bien ces hôtels. Pas de frime, pas de chichis, un pieu, une douche et basta. J'en pouvais plus.

Je ne sais même pas si j'ai bien dormi et si les draps s'en

souviennent, comme dit la chanson, mais ils étaient en boule, au pied du lit, quand j'ai décidé, hagard, de me lever. J'ai pris une douche froide et je suis descendu déguster mon petit déjeuner, toujours le même, le beurre en barquette alu, la confiote en barquette plastique, la baguette coupée en biais, et le café issu d'une machine qui fait un potin infernal.

Il y avait quelques clients hébétés, qui mangeaient en silence, de ce silence installé par des êtres qui n'ont rien à dire. Et il y avait, sur un présentoir, *Sud-Ouest*.

Pour être informé de ce qui se passe dans le Sud-Ouest.

Page deux, il y avait un article un peu désordonné sur les Landes, où ça chauffait, la ZAD en marche forcée, déjà, trois cents opposants au projet de l'usine de Carcans foutaient un bordel pas croyable... Même le journaliste paraissait inquiet.

Et, page trois, j'en ai lâché ma tasse de café, tout le monde m'a regardé, il y avait un article sur le décès tragique d'un capitaine d'industrie, Jérôme Valter, le PDG d'une très grosse entreprise de BTP, victime, d'après les premières constatations, d'un stupide accident, tombé d'une falaise en faisant son jogging, à Belle-Île, Morbihan.

Plus quelques considérations sur la vie du bonhomme, sans intérêt pour moi, ça sentait le faire-part écrit à toute vitesse.

Le Jérôme, je l'avais sans doute tellement sonné qu'il s'était, en titubant, foutu dans le vide. Et après une chute de quarante mètres et un certain temps dans les vagues en furie, difficile de prouver qu'il avait le nez cassé avant de plonger...

Ce que l'article ne disait pas, c'est qu'il avait créé un vide insondable chez sa fille, et était ensuite tombé dedans.

Le café n'avait plus aucun goût. Lavasse.

Ça y était. J'étais arrivé au bout. Mon bout. Et alors ?

Vide, tout à coup. Même pas satisfait.

Vide. C'est tout.

Pas la peine de rajouter un croissant aux tartines.

Impossible de savoir pourquoi j'ai pensé à Glütz. Qui devait sans doute être toujours à la fenêtre, guettant mon retour.

J'ai quand même décidé d'enfoncer le clou et d'aller voir du côté de Carcans si Claire y était. Mais je ne savais plus pourquoi. Pour qu'elle me dise merci, me décerne une médaille, me roule une pelle ?

Quand je suis arrivé à Bordeaux, je n'étais qu'un point d'interrogation tout tordu. Le long du trajet, j'avais ruminé, une vraie vache, tous ces événements qui, curieusement, maintenant, me paraissaient presque étrangers.

Je ne pensais plus qu'à moi. J'étais perdu. J'avais peu à peu tout lâché, comme ça, dans le mouvement, comme un foutu ado romantique. J'avais voulu éviter le vide, celui de ma vie, et je me retrouvais dans un trou.

La seule chose dont j'étais sûr, je ne retournerais plus jamais en arrière. J'entamais sciemment la troisième partie de ma vie, la première ayant été, grosso modo, assez chiante, voire un peu nulle, et la deuxième plutôt complexe, mais pas folichonne non plus.

Je ne savais pas où aller, quoi faire, que devenir, mais c'était normal. Normal, mais paniquant.

En traversant la ville, difficile de tracer dans un bled comme Bordeaux, je me suis trouvé bloqué par une manif. Peu de monde, cinq cents personnes au pif, mais suffisamment pour foutre le bordel dans la circulation. C'étaient des militants qui, tiens donc, hurlaient contre le projet d'installation d'une énorme usine à Carcans, pas loin. Où que j'aille, je me retrouvais plongé dans mon questionnement.

À chaque fois que je vais dans une manif, qu'elle soit à tendance cégétiste ou dominante gay, révolutionnaire ou corporatiste, je regarde les yeux des femmes du premier rang. Au moindre chant entonné par un peu plus de vingt bouches, elles se mettent toujours à pleurer d'émotion.

Et moi, par-dessus les vagues mouvantes de têtes toutes tournées vers la ligne bleue d'un futur espéré, je cherche bêtement à repérer la colonne de fumée un peu bleue qui s'élève, non loin d'un trottoir, sur le parcours balisé du défilé. Et là, à chaque fois, je rêve. Car, depuis que je suis tout petit, le travail que j'aurais aimé faire, c'est exactement celui-là, faire cuire saucisses et merguez en plein soleil, sous la pluie, en pleine rue, en plein graillon. Trancher le pain à pleines mains, touiller dans l'énorme pot de moutarde ou de harissa, prendre, avec l'immense fourchette, les merveilles rôties au charbon de bois, les remplacer par de pauvres victimes crues, emballer le tout dans un tract anonyme, prendre sa pièce et, surtout, se mettre à la place du gourmet pour qui, au milieu des cris, des trompes ou des gaz lacrymogènes, ce sandwich sera le meilleur du monde, puisqu'il est cuit à la chaleur du peuple.

Coincé trois heures.

Ça a drastiquement calmé mon énervement et mes impatiences.

Du coup, j'ai décidé de musarder, de laisser passer un peu de temps, de ne pas me confronter tout de suite à une situation de crise.

Je suis remonté le long de la Gironde, lentement, escargot rêveur, par les routes du Médoc. Je n'ai vraiment jamais aimé le médoc, pour moi, le nom faisait médicament. Et puis le nom des propriétés me semblait toujours un peu ridicule, le Château Mesgenoux, le Château Grosvomi, le Château De Corvée De Chiotte De Mainmatin De Bonneheure.

De la route, j'en apercevais quelques-uns, parfois, grosses bâtisses transpirant d'aise, derrière des pins et des ifs plantés tous au bon endroit. Et, partout, des champs couverts de vignes qui striaient le paysage comme après le passage d'un peigne céleste géant.

Quand je suis arrivé près de l'océan, il y avait un phare planté au milieu de l'estuaire. Un grand point d'exclamation en pierres et briques. Ma vie récente... Un point d'exclamation.

J'ai trouvé ça rassurant. Même si les phares n'ont jamais la forme d'un point d'interrogation.

Il y avait beaucoup de vent, de grosses claques odorantes venant du golfe de Gascogne. L'interminable plage des Landes commençait là, elle ne s'achèverait qu'à Biarritz. Entre-temps, il y aurait un énorme camp de nudistes et des milliards de bouteilles plastique imputrescibles venues, avec les courants, d'Espagne.

Juste après, une petite ville. Soulac-sur-Mer.

J'étais scié.

J'avais l'impression d'être revenu à Jurmala.

Pas un immeuble, que des petites maisons en bois et briques, des jardinets, des rues et chemins tranquilles, herbus, le côté en même temps retraite tranquille et atelier d'artiste, le genre « je suis bien là dans ma cagna et arrêtez de me faire chier ».

C'était comme si j'avais bouclé un parcours. D'une certaine façon, le hasard me disait que c'était fini, que ça suffisait comme ça… Comme disent les curés, *l'homme, né de la boue, retombe, glacé, dans la fange*. Ce qui veut dire : Dieu est donc mort, définitivement. Parce qu'il était seul, immensément seul. *« L'enfer, c'est les autres… »*

J'avais de la cancoillotte plein le bulbe.

Toute une journée à me promener dans Soulac, m'attendant, pourquoi pas, à trouver la même baraque que celle des Valter, en Lettonie. Une *Baliverna*, du nom de cette maison, dans une nouvelle de Buzzati, qui s'écroule quand le narrateur désenclave, de la façade, un inutile petit crochet en fer forgé qui l'intriguait depuis longtemps. Et quand j'apercevais, sur un mur, une magnifique clématite bleue, j'imaginais qu'elle cachait, quelque part entre ses tiges emmêlées, un foutu crochet qu'elle pourrait naturellement dégager du mur par la simple force de son opiniâtre croissance.

Une journée paisible à penser à presque rien, à n'évoquer que des à-peu-près, des pas-grand-chose. Ce qui m'a fait un bien énorme. Il y a peu d'endroits qui se signalent comme des centres du monde, des aleph. Comme dans la nouvelle de Borges, le dessous d'une marche d'escalier qui résume le monde, sa douleur, sa beauté, et la multiplicité infinie du sens. Soulac était un autre aleph, à n'en pas douter. J'en connaissais un troisième. En plein Aubrac. Le petit lac de Saint-Andéol. Sa forme quasi sphérique, presque parfaite. Son arbre unique, sur la berge. Ses nuances de bleu, toujours électrique, lapis-lazuli têtu, malgré les saisons. Un endroit où l'on s'arrête, obligatoirement, où, tout à coup, très vite, on se dit que tout peut s'arrêter.

Et alors, toujours, tout s'arrête.

Ici, au bord de l'océan, pas loin de ce phare, I majuscule, c'était pareil.

Résultat, j'ai vaguement pris, là, sur place, dans une espèce de bien-être égoïste, de repli définitif, la décision d'arrêter de courir et de revenir en Bretagne, pas loin de mon copain Bixente, de prendre un petit boulot nul à souhait, d'aller, chaque soir, dans le même rade formateur et, chaque matin, de scruter la météo.

Le rade définitif. Un nid. Un refuge.

Sur la plage, devant le petit resto où j'ai mangé une omelette aux œufs, la base, il y avait encore un peu de monde. Les derniers aventuriers prêts à se baigner dans une eau suffisamment glacée pour vous faire rentrer les roubignes jusqu'aux omoplates. Parmi eux, il y avait un couple qui s'est dénudé entièrement et qui s'est mis à courir, loin, vers l'océan. Image d'une liberté un peu forcée, du moins forcenée.

Il fallait que je bouge. Je m'engluais. Et mon Toyota semblait s'impatienter.

J'ai décidé, avant de m'évanouir définitivement dans le paysage, de tenter de revoir Claire. Pas pour courir tout nu sur le sable avec elle. Non. Pour clore. Pour arrêter cette quête idiote.

11

Le lendemain, en plein après-midi, je suis arrivé dans les environs de Carcans. Le long du lac d'Hourtin, plein de flics dans les fossés, au moins trois compagnies de CRS, mais, pour l'instant, ne filtrant pas les allées et venues. À mon avis, ce statu quo ne durerait pas longtemps. Ils attendaient le feu vert des autorités politiques, judiciaires et paniquées. De leur côté, les zadistes, pour l'instant, n'empêchaient rien, ni la circulation générale, ni l'accès aux plages, ni celui aux villages vacances du coin…

Empruntant plusieurs pistes coupe-feu, je suis rapidement arrivé sur le site. Les militants avaient déjà fait très fort. C'est vrai que, sur place, ils avaient mis la main sur des coupes de bois et avaient du coup construit des palissades dignes des anciens films de trappeurs.

J'ai repéré que des Black Blocs étaient revenus, j'en ai reconnu certains. La bagarre informelle était donc proche. Plus aucune envie de rester là, j'avais déjà largement donné. Un signe : mon oreille s'était tue à nouveau.

Installer mon Toyota dans un coin un peu tranquille, loin des possibles barricades.

J'ai gagné ce qui semblait servir de QG où la folie régnait. Tout le monde paraissait certain que la baston, c'était pour bientôt. Donc, ici, on avait convoqué des journalistes et des équipes de reportage télé en pagaille. Comme si c'était une assurance d'impunité.

Pas de Claire dans les parages.

Quand je me suis présenté, c'était, je l'avoue, assez agréable de se sentir *un peu* célèbre, on m'a surtout posé des questions sur l'attaque des forces de l'ordre, là-haut, à Zavenghem. Je leur ai donné des informations plus que parcellaires, mais ça a paru les satisfaire. Ils ont décidé de ne pas faire directement front mais de résister sur les côtés, de jouer les moustiques, de harceler, plutôt que de frimer en tentant de se cogner les robocops. Ça a duré un bon moment. Et toujours pas de Claire dans les parages.

Et puis j'ai aperçu Adolfas, une bière à la main. Toujours dans les bons coups, celui-là.

Il m'a regardé comme si on s'était quitté la veille. Avant même que je lui pose la question, il m'a craché, c'est le mot, que Claire n'était pas là.

D'une certaine façon, ça m'a soulagé.

Mais il a fallu qu'il me donne des détails, comme pour me faire souffrir.

— Elle est chez les flics. Convoquée d'urgence. À Vannes. À cause de la mort de son père. Complément d'enquête, elle n'est pas soupçonnée, elle a un alibi d'enfer. Ici. Au moins cinquante personnes peuvent témoigner de sa présence. Mais apparemment, ce n'est pas ça que veut savoir la police. Ils sont persuadés qu'il y a un tueur en goguette, qui en veut à leur famille, qui a foutu le feu à une baraque et qui aurait déjà bousillé deux frères Valter…

Une enclume venait de s'encastrer dans mon crâne.

— T'as pas une idée, là-dessus ?

— Et pourquoi j'en aurais une ? j'ai répondu finement.

— Je disais ça comme ça.

— Eh ben, surtout t'arrête pas dans les comme ça…

Et je l'ai planté là. Pour deux raisons. Non, trois. Un, ce mec m'énervait. Deux, j'avais aucune intention de rester dans les parages. Trois, tout à coup, Claire m'apparaissait comme euh… comme.

Il faisait nuit, je suis reparti me calfeutrer dans ma camionnette. Demain serait un autre jour, et serait surtout le jour où je me barrerais, loin, très loin.

J'ai eu du mal à sombrer. Contre toute logique, je m'étais mis à penser à *Bad Lieutenant* d'Abel Ferrara, sans doute le film le plus cisaillant, préoccupant, remuant, que j'avais vu. L'impression tenace et perturbante d'être à la place du personnage, *dans sa peau*, sans jamais avoir la certitude d'être dans sa tête. La sensation de se défoncer en même temps que lui, de conduire sa voiture avec ses propres mains, de vivre intensément, avec un subtil mélange de honte et de désir, ses hébétudes et ses petites saloperies. Mais aussi la tension de l'inconnu, celle, éreintante, de ne jamais savoir à l'avance ses réactions à venir. C'est terrible de ne pas savoir ce que l'on va faire soi-même, puisqu'on était lui, complètement, empathiquement. À tel point que, moi, l'athée profond, c'est la seule fois où j'ai vraiment senti ce que pouvait être le Christ et ce qu'était la charité, en quoi consistait tendre l'autre joue. Cette douleur, ce relâchement, cette difficulté, quand, en fin de récit, ne comptant que sur la mort prochaine comme avenir immédiat, non seulement Harvey Keitel laissait s'échapper les petites frappes criminelles, mais leur donnait spontanément tout son argent.

Je crois que je me suis endormi, mais que d'une oreille, la bonne. Je m'attendais, à tout moment, à entendre les crissements métalliques d'une intervention des CRS.

Le lendemain, très tôt, tout semblait encore endormi sur la lande, j'ai tracé. Je suis repassé devant les colonnes flicardes qui semblaient se préparer à l'assaut. Je m'enfuyais au bon moment. À mon avis, deux heures après, ça serait le pandémonium.

Ou le maelström.

Ou le vortex.

J'aime bien ces mots.

J'ai su, très tôt, que le petit tourbillon de l'eau s'enfuyant dans la bonde du lavabo tournait dans un sens, en hémisphère Nord, et dans le sens contraire, en hémisphère Sud. Même si les vocables, à la bonne odeur saxonne ou viking, me terrifiaient toujours un peu, j'étais néanmoins rassuré de la bonne ordonnance du monde, un endroit, un envers, un haut, un bas, le jour, la nuit, tout ça.

Bizarrement, ça m'a rappelé Belle-Île, encore, comme si c'était une des scènes essentielles du drame, et face à la grotte de l'Apothicairerie, gouffre où s'enfonce un océan perturbé par des courants inverses, que l'on visite en espadrilles, la corne du talon attaquée par les aspérités rocheuses du chemin descendant vers ce Léthé bouillonnant, j'ai douté. Là, dessous, les tourbillons, vortex et autres maelströms tournaient en tous sens, dans une entropie liquide démentielle, sans ordre, sans raison, sans causalité. Pendant un long moment, je me suis senti dans un monde n'ayant plus de repères, plus de nord, plus de sud, de haut, de bas. Même mon sang se mettait à couler n'importe comment.

Le Toyota n'a pas chômé. Deux heures après, j'avais franchi la Gironde, et je fonçais vers Saintes.

Dans une sorte de resto pour routiers, en bord de route, j'ai téléphoné là-haut, chez moi, pour savoir si les notaires avaient fixé une date, pour la réunion viager…

— Ah non, de ce côté-là, silence complet.

— Et de l'autre côté ? j'ai insisté.

— Les flics vous cherchent. Et ils ont l'air pressés de chez stressé. Y a une raison ?

Ils me donnaient un peu l'impression d'être inquiets. Il fallait les calmer à tout prix.

— Ça doit être les suites de mon agression.

— Ouais, sûrement, ouais… Ils savent que vous zonez en camionnette. Mais ils n'ont pas l'air de savoir que c'est en Toyota.

Je leur ai promis que je revenais vite au bercail.

Quand je suis sorti du resto, je me suis surpris à inspecter les environs. La parano s'installait. Je n'aimais pas ça, cette impatience allait me bouffer la vie.

Une seule solution. Me cacher. Foutre ma camionnette sous un tas de paille dans une grange du côté de chez

Bixente. Attendre en ruminant. Et espérer que Claire ne soit pas trop bavarde. Un vœu pieux.

Fallait foncer.

En avant toute.

À deux doigts de pleurer comme une vache.

J'ai roulé patiemment vers le nord.

Il faisait froid, le printemps arrivait à reculons, à pas de loup, c'était le cas de le dire, les loups étaient partout.

Chieries de métaphores, le vert paradis de l'enfance printanière, mon œil, l'adolescence quasi estivale comme promesse des fleurs, mes genoux, le temps de l'adulte tel un automne, le vin, la lumière chaude, les orages, tout ça, mon cul, et la vieillesse frigorifiée de l'hiver, qui s'éteint dans le blanc de la neige, là, ça dépasse tout. Je préfère encore l'énigme du Sphinx. Et je continue à penser qu'en général tout commence l'hiver.

Chaque journée est ainsi : le matin, froid et tremblant comme un janvier, le bébé protégé par sa couette, la mi-journée autant exaltée qu'un mois de mai, avec les bourgeons sur la gueule, le crépuscule en août étouffant les passions incommensurables des grandes personnes, et la nuit, en sombre octobre, retour sous la couette.

L'hiver, pour moi, ça sentait le repos, le sommeil, le rêve.

La petite mort.

Je roulais calmement dans la plus belle des lumières, celle des petits matins ensoleillés et glacés. Peut-être qu'il faut avoir froid pour remarquer la netteté des contours, la présence discrète des couleurs, leur équilibre parfait et leur soudaine évidence. Quand on a chaud, trop chaud, tout se mélange dans le flou, les fluctuations tremblotantes de l'air, tout se mixe dans un camaïeu de jaune et d'orange. Le froid amène le bleu, le jaune citron et rend le vert plus sombre qu'il n'est. Dans la touffeur de l'été, tout se dérègle, on ne parvient plus à faire le point, on se noie dans le trouble. Une brûlante apnée. Tout ressemble aux contours mous d'un poivron trop mûr. Le blanc, celui de la neige, on le regrette toute l'année, et, quand il fait lourd et chaud, on tente de le retrouver à coups de flotte dans le sirop d'orgeat.

Et les strates du souvenir ressemblent toujours à la lumière d'hiver passant entre les branches d'un frêne. Comme si le ciel devenait à jamais strié en zones innombrables et pourtant toujours les mêmes. Georges Perec le savait, lui aussi, livrant ses *je me souviens* comme de petits blocs solides et indestructibles, nimbés de la lumière froide du passé, un passé d'ailleurs victime d'une glaciation. Que des photos bien nettes, frigorifiées, mais qui ne voulaient plus dire grand-chose.

Je me souvenais tout à coup que la première fois que j'avais regardé une photographie d'Elsa Martinelli, je m'étais dit que le mot « flou » était à rapprocher du mot « fou ». La première fois que j'avais regardé une photo d'André Kertész, j'avais eu peur. La douleur éprouvée en découvrant les portraits du père d'Avedon. Je me souvenais aussi de la première fois où j'avais découvert les photogrammes de Muybridge. Je n'avais spontanément regardé que la bite du mec photographié en train de courir ou de sauter des haies. Comme quoi...

Du coup, j'ai repensé à Claire et j'ai regretté de ne pas

avoir pris une photo d'elle, par exemple lors de notre périple en Suisse, avec des montagnes glacées en arrière-plan.

Putain, Claire… Chez les flics… Innocente en actes, coupable en pensées, mais triturée, poussée à bout, « Mademoiselle, vous aurez un bon Schweppes à boire si vous y mettez un peu de bonne volonté ». Salauds de flics. À mon avis, elle devait en être à son troisième soda.

Et moi, je n'avais plus qu'à me planquer.

Je suis arrivé très tard du côté de Saint-Guénolé. Bixente ne m'a posé aucune question et on a rangé le Toyota, recouvert de paille et de vieux filets de pêche, dans sa grange. Et puis on a été boire un coup. Il ne m'a posé aucune question, il m'a simplement déclaré, pensif :

— Toi, t'es dans la merde.

Et j'ai été me coucher, épuisé, laminé, vidé.

Tout ce bordel pour passer du stade de responsable produits frais à celui de tueur fautif…

Qu'est-ce que j'étais ? Un nul devenu un néfaste.

Je n'étais qu'un microbe, pire, un virus.

J'en avais assez.

Si mon virus à moi se déclarait, ça allait devenir une pandémie. Pour l'instant, je n'étais qu'un pion sur l'échiquier.

Mais je pouvais, à tout moment, devenir le Fou.

Échec au Roi, à la Reine et à tous leurs sujets.

C'est dingue les conneries auxquelles on peut se raccrocher, juste avant de se retourner, de caler parfaitement le bras sous la tête et sombrer.

Le lendemain, Bixente est parti tôt s'occuper de ses conserves et mettre les mains dans le poisson. Moi, j'ai été marcher près de l'océan qui, ce matin-là, était calme, genre mercure, de ce calme qui cache le danger. Jusqu'à une chapelle, très belle, très sinistre, les pieds presque dans l'eau. Une chapelle qui fait se dresser les poils sur les bras et qui s'appelle Notre-Dame-de-la-Joie.

J'ai failli y entrer pour réclamer au Très-Haut un peu de joie, justement. Parce que, tout à coup, je réalisais que depuis pas mal de temps, c'était la joie qui me manquait, une simple éclaircie dans mes jours sombres, un putain de coin de ciel bleu.

Au contraire, c'était l'inquiétude qui gagnait peu à peu. Je scrutais toutes les voitures qui arrivaient sur le front de mer. Au cas où. Et si les cognes se pointaient, je ferais quoi ? Plonger ? Courir sur les rochers luisants d'algues ? M'accrocher, en ricanant, à un goéland de passage ?

En plus, j'étais en train de me baguenauder au bout du monde, à l'endroit le plus à l'ouest de la France. Impossible d'aller plus loin, sauf à gagner l'Amérique à la nage, ou se noyer. Belle image : j'étais vraiment au bout.

Le destin se démerdait pour résumer.

Pour manier la métaphore, le destin ne se gourait jamais.

Je me suis assis sur un banc isolé, face à l'océan. Autour de moi, la digue à moitié pétée et de vastes pelouses dévastées, virant au jaune. Quelques papiers gras.

Dans la tête, rien, ou presque.

Que du vent. Qui, tout autour, se levait peu à peu, ça se

voyait au vol de plus en plus stationnaire des mouettes et goélands, les poubelles de l'espace.

C'est alors que je l'ai vue. De loin. Une silhouette courbée, avançant lentement. Un long bâton à la main. Recouverte de hardes, comme une vieille sorcière, celle que les enfants voient arriver, dans les contes, en pleine ornière, toujours au bout d'un chemin bordé de végétation inquiétante. Là, elle apparaissait sur une sorte de lande à la Mathurin Méheut. Normal, on était en Bretagne.

Arrivée, en grinçant, près de moi, elle m'a étudié un court instant et s'est assise. Maigre à faire peur, les joues creusées par le manque de tout, des vêtements amples, sales, sentant mauvais, une drôle d'odeur, un mélange d'ail et de soufre. Elle a déplié un hebdo à la con, a fait semblant de le lire en soufflant dans ma direction. Intenable. J'allais repartir quand elle m'a adressé la parole.

— Ouais, d'accord. Je mange une gousse d'ail tous les matins, je sais, c'est épouvantable pour les autres, mais ça me maintient en vie, d'après mon *disconteur*…

— Non, non, mais il faut que j'y

— Pour aller où ?

Sa voix de crécelle enrouée. C'était trop. Tout meutche. Comme dans un mauvais film pour enfant autiste. Elle n'a même pas attendu une réponse.

— Qu'y a-t-il de si urgent alors que vous allez vers la fin de votre vie ?

— Je vous demande pardon ?

— Oui, je le sens, je le sais, vous allez mourir bientôt.

— Espèce de vieille folle.

— Vous avez raison, je suis une vieille folle.

— Foutez-moi la paix.

— Je vous la fous, comme vous dites…

Et elle s'est levée.

Elle est partie, courbée, cassée, agitant son gros bâton comme une faux. Tout à coup, j'ai pensé à l'Ankou. Il ne lui manquait qu'un grand chapeau.

Je l'ai observée longtemps, jusqu'à ce qu'elle disparaisse entre deux maisons basses. Remplacée par une corneille qui est montée très haut dans le ciel en lançant d'imprécises imprécations.

Ça n'allait pas fort, je me mettais à avoir des visions, ça ne s'arrangeait pas.

La vieille peau avait laissé son journal sur le banc. Un numéro de *Marianne*, tout froissé. Que cette sorcière puisse lire ce genre de presse, ça me trouait. J'ai glissé l'hebdo dans ma poche et je suis reparti vers le bourg.

Le soir, avec Bixente, nous nous sommes fait une ventrée de homards. Un surplus de bébêtes un peu trop petites pour le commerce et la conservation. Trop tard pour les rejeter à l'eau. Sauf si elle est bouillante. Il y avait l'immense Erwan à table avec nous. J'ai bien senti qu'ils faisaient tout pour me dérider, persuadés que j'étais aussi perturbé qu'un ciel d'hiver.

J'ai eu le malheur de parler de ma rencontre avec la vieille folle, l'Ankou en jupons. Et là, contrairement à toute attente, ils n'ont plus du tout rigolé, ne se sont pas moqués, et se sont jetés sur la bouteille.

— Elle avait un grand bâton ?

— Oui, j'ai répondu. Plus grand qu'elle.

— C'est la *Gwarc'h*, a couiné Erwan, terrassé. La malheureuse, la maudite. Et qu'est-ce qu'elle t'a dit ?

— C'est personnel.

— Aïe aïe aïe…

J'étais scié. J'avais devant moi deux colosses qui faisaient sauter le mauvais temps à la dynamite et qui se comportaient comme deux petits gnenfants devant leur pépé leur racontant un conte de Grimm.

— Mais qu'est-ce qu'elle a de si terrifiant, la, comment vous dites, la gouarche, c'est ça ?

— Les gens vont la voir pour connaître l'avenir. Et disent, après, qu'elle ne se trompe jamais.

— Et toi, Bixente, tu crois à ça ?

— En tout cas, j'ai jamais été la voir…

À partir de là, tout le monde s'est remis à attaquer le *lambig*.

Le soir, en m'allongeant sur mon lit de fortune, j'ai eu la mauvaise idée de jeter un coup d'œil sur le *Marianne* de la sorcière.

Je n'aurais peut-être pas dû.

Deux pages pleines intitulées : « La chute de la maison Valter ». Suivait, froid, mécanique, l'historique du truc. La déchéance d'une famille capitaine d'industrie. La mort étrange de deux frères sur trois. Mais surtout des précisions sur Claire Mernotte, l'ex-belle-fille de Jérôme Valter, récemment disparu, interrogée par les enquêteurs, un instant soupçonnée, lavée de tout soupçon, après avoir raconté comment sa jeune vie avait été particulièrement assombrie par un viol, celui perpétré par l'aîné, Roland, un fêtard connu, crime caché et celé par les deux autres frères et, aussi, par toute la famille, dont la propre mère de la jeune fille. Roland, arrêté et interrogé en Espagne, aurait avoué. Mais serait, comme Claire, innocenté des « accidents » ayant tué ses deux autres frères, et de l'incendie ayant détruit la maison de vacances lettonne où le viol s'était déroulé. La police, pensant que la jeune fille pouvait néanmoins être l'instigatrice de ces drames, soupçonnerait plusieurs personnes, qu'elle aurait mises au courant de cette histoire familiale complexe, et qu'elle aurait peut-être poussées à accomplir une sorte de « vengeance » tardive...

Suivait un court article disant que l'avenir de la boîte Valter & Frères était singulièrement compromis. D'autant que la fortune des Valter revenait désormais à trois femmes, la veuve de Jérôme, une Italienne, l'ex-femme du même et mère de Claire, une certaine Suzanne Mernotte. Et Claire, elle-même.

Ils n'en disaient pas plus. Il y avait des photos. Ça m'a fait mal de revoir Claire, encore plus jeune et solaire que je la connaissais.

Je suis resté un long moment hébété.

Claire m'avait mené par le bout du nez. Et surtout menti. M'avait bourré le mou grand style. Par omission, mais menti quand même. Si elle avait craqué, si elle avait, très vite, tout raconté aux flics, c'est qu'elle avait mis l'essentiel sur la table. La virée en Suisse. Et ma petite personne.

C'était foutu. Ils allaient vite me retrouver. Je n'avais tué personne, mais pas loin. Et j'avais détruit le bien d'autrui. J'allais me retrouver au trou pour un bon moment. Sans parler des interrogatoires musclés. Du procès. Où Claire participerait. Une horreur invivable, à présent.

Dehors, une chouette. C'était peut-être la *Gwarc'h* qui l'imitait, sous ma fenêtre, va savoir, et qui me révélait mon putain d'avenir.

Le sommeil, fini, autant crever à la place, maintenant.

Claire, il fallait absolument que je la voie avant.

Elle m'avait bien baisé.

Pourquoi moi ? Et pas un costaud genre Black Bloc, No Border ou je ne sais quoi ?

Pourquoi avait-elle, sciemment, choisi un petit mec qui en avait déjà gros sur la bintje ?

Je n'avais aucune intention de lui faire du mal.

A priori.

Quoique.

Mais il fallait qu'elle sache que je ne l'aimais pas, cette saleté. Que je lui en voulais à mort. Qui, en plus, sous peu, serait plus riche que nous tous. Et rangée des voitures. Saleté.

Dans ma tête, il y avait tout, il n'y avait rien. Qu'un immense mauvais goût.

Alors, je me suis levé, j'ai rangé mes affaires, je me suis passé de l'eau glacée sur la gueule, j'ai rebu un coup, j'ai enlevé la paille recouvrant mon Toyota, et, les dents serrées, sans dire au revoir à mon pote, qui roupillait, étalé sur le canapé de son salon, calme comme un poupon gavé, j'ai repris la route. En sens inverse.

Vingt kilomètres plus loin, j'ai fait le plein. Je titubais un peu, mais l'air glacial venant de l'autoroute m'a dessaoulé. J'avais de quoi tenir jusqu'au funérarium.

12

La nuit, les phares, lucioles tragiques, ça ronronne sous le capot, mes yeux me piquent, mais je tiendrai, je dois tenir, je n'ai pas sommeil, si je tombe, c'est pour toujours, je sens que je n'ai pas beaucoup de temps, tout peut arriver, je ne sais pas quoi faire, le Toyota le fait pour moi, mais je n'ai pas sommeil, je ne sais pas combien de temps je vais tenir, j'espère que je ne vais pas écraser quelqu'un, mais il faut que je tienne, c'est trop con de ne pas réagir, j'ai réagi, moi, mais pas dans le bon sens, peut-être, mais que faire d'autre, j'ai rien fait de mal à la base, ce sont les autres qui ont commencé, je suis un vrai gosse, moi, je me défends bêtement, je fais pareil, tu me piques un Carambar, je te pique une fraise Tagada, c'est tout, pourquoi ils ont brûlé ma grange, hein, pourquoi, je n'étais pas vraiment en train de ruiner la finance internationale, non, c'était un truc local, qui n'emmerdait personne, j'aidais des potes qui, simplement, tentaient de sauver leurs petites vies, leurs petites maisons, leurs belles prairies, ils ne mettaient pas la société en danger, merde, alors, bien sûr, je n'avais pas à aller bêtement cramer leur baraque, là-haut, à Jurmala, ils n'y allaient presque plus, ils s'en foutaient des Lettons, ils préféraient faire chier les gens comme moi, leur piquer leurs baraques, les enfumer, leur balancer des camions sous le nez, mais, en plus, ils avaient, entre-temps, voulu me casser durement la gueule, je n'avais rien demandé, moi, je n'avais même pas porté plainte, alors, oui, j'aurais pu blesser quelqu'un, mais ça n'a pas été le cas, et puis, l'autre, là, en Suisse, ce n'est pas moi qui l'ai poussé du toit, il est tombé tout seul, et qu'est-ce qu'il y foutait, sur ce toit, moi, je lui ai simplement fait boire un peu de poudre magique, et il est peut-être parti dans le pire des clichés, c'est-à-dire se prendre pour un oiseau, du genre de ces putains de goélands, il aurait pu tout aussi bien se mettre à peindre plein de nounours dans une prairie remplie de petites fleurs rouge sang, et les peindre avec son propre guano, ce n'est quand même pas moi qui lui ai conseillé de monter sur son toit, pour inspecter les cheminées, ou virer la neige qu'il n'y avait pas, peut-être que chargé comme un baudet par ma petite potion, il a cru qu'il y en avait plein, de neige, et l'autre, là, le joggeur jaune citron, qui se maintenait en forme, c'est complètement con de cavaler comme un perdu au bord d'une falaise de quarante mètres de haut, la terre est friable, on peut glisser, et tomber, c'est d'ailleurs ce qui est arrivé, c'est pas parce que je lui ai mis un pain en plein nez, moi, quand on m'en a mis un, je ne me suis pas mis à faire du vélo sans les mains, faut pas déconner, non, j'ai attendu d'être guéri, ou presque, et Claire, cette saleté, qu'est-ce qu'elle a vu en moi, c'est sûr, un pigeon, un pauvre type un peu naïf, un vieux, comme elle m'a craché, qui a tendance à croire tout ce qu'on raconte, elle a dû sentir que je l'aimais bien, presque amoureux, mais pas vraiment non plus, et gnagnagna qu'elle se mettait à me montrer ses genoux, et gnagnagna ses nibards, après, en faisant semblant de m'aider, en soi-disant me comprenant, en me manipulant, ouais, en me tartinant, et surtout en ne me disant pas la vérité, remarque jamais elle ne m'a vraiment dit que c'était son père qui l'avait violée, elle a tout fait pour me le faire croire, c'est tout, et moi, qui suis un vrai con, qui ne réfléchis pas plus qu'un miroir en miettes, j'y ai cru, je ne me suis pas posé la question, jamais je n'ai pu penser que c'était l'autre, le Roland, le connard d'Ibiza, et c'est comme ça qu'on se fait ramoner à sec, qu'on participe bêtement à une destruction de famille, et vas-y que je te pousse du toit, et vas-y que je te pousse dans le vide, une putain de famille qui le mérite, certes, mais bon, ce n'était pas à moi de faire le boulot, à ce tarif j'aurais pu tout aussi bien aller dégommer la mère bouche-cousue, tout aussi coupable, mais quel con je suis, quand j'y pense, avec mes grands principes, mes grandes idées, mes petits principes de merde, mes petites idées de mec lamentable, et je n'ai rien vu venir, ce que j'ai vu, c'est, dans le mouvement, ma petite vie pauvrement romantique, tout laisser aux autres, me barrer dans cette camionnette de merde, vivre comme un pseudo *trailer* totalement à côté de la plaque, résultat des courses, je roule, bourré comme un polochon, je peux m'emplafonner d'un moment à l'autre, tiens, ouais, comme mes parents, tout s'explique, rien ne se perd, tout se transforme toujours, pourtant, mes vieux ils n'étaient pas cuits, ils allaient au cinoche, voir une connerie, je ne sais plus laquelle, un truc sur les Ch'tis, ça ne les a pas empêchés d'être tirés comme des lapins, tu parles d'un destin, c'est peut-être pour ça que je suis comme ça, au service des autres, qui font de moi ce qu'ils veulent, qui me prennent pour un nain, un nain jaune, tiens, comme dans mon enfance, le Nain Jaune, le jeu qu'on préférait, et pourquoi le nain était jaune, je l'aurais plutôt pensé rouge, comme tous ces ricanants paillasses amusant les rois et reines dans les films avec chevaliers et armures, avec leurs bonnets à clochettes et leurs tambourins à la noix, ou alors noir, croupissant dans des culs-de-basse-fosse, la torche à la main, grimaçant sadiquement au prisonnier enchaîné à même les pierres de la tour, mais pourquoi cette vacherie de nain était jaune, c'était incompréhensible, comme si ce jeu avait été inventé par Pierre Loti, et pourquoi je pense à Pierre Loti, ça, mystère, je ne me souviens plus des règles, je sais seulement qu'en passant par des cases, on touchait notre dû, de plates plaquettes colorées de bois ou de plastique, trois tailles différentes, plus elles étaient longues, plus elles valaient cher, c'est comme Rocco Siffredi, avec, au milieu, la case du Nain Jaune, la maison du chef, jaune parce que énigmatique et dangereuse, même si tomber dessus pouvait rapporter gros, pas jaune comme un Chinois, pas jaune comme un briseur de grève, pas jaune comme une chiasse au chocolat, non c'était la couleur de l'or, du soleil, et les temps ont changé, maintenant pour faire du pognon, faut détruire des régions entières, c'est mieux que le Monopoly ou ces putains de Mille bornes, ce que je suis en train de faire, je joue au Mille bornes en pleine nuit, et puis, on ne peut plus dire le Nain Jaune, on est obligé de dire la Personne Jaune de Petite Taille, des conneries, tout ça, je fais attention à la route, je suis déjà loin, aucun intérêt à faire machine arrière, tourner à gauche et revenir vers le monde nul, qui est après moi, des guides Dalloz plein les dents, un monde froid et déréglé qui ne pense qu'à un truc, me mettre le grappin dessus, pour me faire payer à fond mon pas de côté, le fait que je n'avale pas tout, le truc qui enraye la machine, je m'en rends compte maintenant, quand un mec marche à côté de là où il doit marcher, on ne le loupe pas, on lui tombe dessus, pour qui il se prend celui-là, il ne va pas nous empêcher de nous comporter comme des rats, c'est vrai quoi, je sens que je commence vraiment à fatiguer, la nuit, je n'en peux plus, vive le jour, à bas la nuit, la nuit grave, la nuit qui nuit, les puissances nocturnes de merde, la nuit d'encre, la nuit du putain de drame, je vois déjà les titres, c'est un cauchemar, oui, parce que, la nuit, on ne voit rien, c'est ça, sa force, et puis la nuit, on souffre, on meurt, on agit, on a peur, la nuit on devient aveugle, un comble, les « forbans de la nuit », quel beau film, les ténèbres, « la nuit du Démon », tout ça, le diable est toujours dans le coin, entre chien et loup c'est fini tout ça, il n'y a plus que les loups, la preuve, on dit toujours « Bonne nuit ! », jamais le contraire, ce qui veut bien dire ce que ça veut dire, c'est un cauchemar, autour de moi, tout devient pénible, même pas passionnant, prévisible et imprévisible, net et flou, effréné et lent, comme un mauvais rêve où tout fait sens mais où rien ne concorde, une putain de schizophrénie en noir et blanc, je me parle, je me conseille, je me regarde, je me juge, je ne peux pas m'en empêcher, et ça m'avance à quoi, je me saoule de paroles, je me tutoie, je ne m'écoute pas, je me sens observé, une saloperie de drone me surveille en permanence, plus aucun silence intérieur, que des orages, la tempête, avec des chalutiers crevés au milieu du chenal, en fait je suis comme un dieu bavard qui se parle et ne s'écoute pas, c'est la nuit, définitive, l'espace du sale boulot, comme un flic ou un mec du Samu, je suis une sorte de pollution nocturne, si je pouvais lâcher le volant, je me tordrais les mains, la nuit, ça n'existe pas, c'est le noir qui la remplace, la mort, l'évanouissement, la nuit, un chat hurle, le pavé est mouillé, des ombres rôdent, la lune se cache derrière de soudains nuages, ces vacheries de métaphores, des limousines longent silencieusement des caniveaux, un enfant pleure, les amants s'aiment, ou se battent, ou se tuent, la « nuit remue », l'édredon du diable, je suis le Midnight Rambler, je ressemble au néant, laissez toute espérance, vous qui entrez, le domaine des fantômes, la Nuit des Longs Couteaux, la Nuit de Cristal, les Nuits du tombeau, la Nuit de Walpurgis, la Nuit des morts-vivants, « dès qu'ils eurent franchi le pont, les fantômes vinrent à sa rencontre », comme on dit dans *Nosferatu*, c'est un pont obscur entre des mondes, la nuit, on voit clairement l'horreur et la violence du monde, « fera-t-il jour demain ? », la nuit est vide, à part les ours qui rôdent, les portes de l'Enfer vomissent leurs insanies, comme dit le poète, à mort les clichés, je n'en peux plus, j'ai passé Bordeaux, j'arrive pas loin, le héros fend la nuit… Volontaires ! le dernier referme la porte en entrant, soyez Toutânkhamon, Dracula, Alien, un plongeur en décompression, guettant la pulsation de ses nerfs, un cryogénisé en attente des progrès de la science, un adepte du caisson sensoriel à l'écoute de son rythme intérieur, un squelette dans un glacier, un enterré vivant grattant de ses ongles le couvercle plombé, un personnage de roman pas encore lu, un stylite zen refusant de bouger, le cobaye joyeux d'avoir égaré ses électrodes, le mec qui ne sait pas quand ouvrir la porte de l'abri après l'explosion, qui n'ose pas partir avant la fin du film, bande de nains, communiez dans la disparition, retranchez-vous, passez de l'autre côté, troublés et conscients de ce trouble, rêvez éveillés, ne communiquez plus, simulez, découvrez le Mystère de la chambre jaune, Don Quichotte immobiles et muets, embrassez Philip K. Dick, soyez ubiques, enfin, ne figurez plus, soyez des statues qui bougent dans la nuit, miroirs hypothétiques, hologrammes qui respirent, dépersonnalisés et mobiles à tout instant, fractionnés et reconstitués en même temps, surveillés et surveillants, déstabilisés dans le bien-être, désorganisés en éveil, dormeurs les yeux ouverts, présents et néanmoins absents, ailleurs et là, identifiés et libres à tout moment, seuls et ensemble, sur la frontière, dans le gris, clignotants sous les néons, mous dans le béton, vivants mais réifiés, artistes et modèles, le danger, c'est VOUS, la révélation, c'est encore VOUS !

Le dernier referme la porte en entrant.

Mon oreille s'est remise à fonctionner.

Au même moment je vois les premières camionnettes de gendarmerie, il y en a plus qu'avant, ça se précise, les tuniques bleues vont attaquer, au milieu du chemin il y a deux casqués qui me demandent de m'arrêter, on ne passe pas, mon cul, il faut que je passe, alors j'accélère, les mecs se poussent, mais, plus loin, deux véhicules avancent au milieu de la route, se mettent en quinconce, impossible d'aller plus loin, sinon passer à travers, c'est fini, je n'en peux plus, les salauds, tout le monde est contre moi, devant moi, derrière moi, sur les côtés, partout, je vois double, je n'en peux plus, je ne cherche même pas à freiner.

J'ai senti alors que Glütz me regardait.

Ses grands yeux jaunes dans la nuit.

Bande d'enfoirés, vous, tout le monde, tant pis, *banzaï*, Papa ! Maman ! Glütz vous emmerde !

DU MÊME AUTEUR

Aux Éditions Gallimard

NOUS AVONS BRÛLÉ UNE SAINTE, *Série Noire, 1984 (Folio Policier n° 234).*

SUZANNE ET LES RINGARDS, *Série Noire, 1985 (Folio Policier n° 184).*

LA PÊCHE AUX ANGES, *Série Noire, 1986.*

L'HOMME À L'OREILLE CROQUÉE, *Série Noire, 1987 (Folio Policier n° 25).*

LA CLEF DES MENSONGES, *Série Noire, 1988 (Folio Policier n° 543).*

LE CINÉMA DE PAPA, *Série Noire, 1989.*

LA BELLE DE FONTENAY, *Série Noire, 1992 (Folio Policier n° 76).*

RN 86, *Série Noire, 1995 (Folio Policier n° 5).*

LARCHMÜTZ 5632, *Série Noire, 1999 (Folio Policier n° 193).*

SPINOZA ENCULE HEGEL, *Folio Policier n° 127.*

À SEC ! (Spinoza encule Hegel. Le retour), *Folio Policier n° 149.*

LES ROUBIGNOLES DU DESTIN, *Série Noire, 2001 (Folio Policier n° 328).*

H4BLUES, *Série Noire, 2003 (Folio Policier n° 367).*

LA CHASSE AU TATOU DANS LA PAMPA ARGENTINE, *Folio Policier n° 381.*

LE ROUGE ET LE VERT, *Série Noire, 2005 (Folio Policier n° 601).*

TOUT DOIT DISPARAÎTRE (volume regroupant *Nous avons brûlé une sainte, La pêche aux anges, L'homme à l'oreille croquée, Le cinéma de papa, RN 86*), *Série Noire, 2015.*

Aux Éditions Gallimard Jeunesse

L'ENCYCLOPÉDIE DES CANCRES, DES REBELLES ET AUTRES GÉNIES *(avec Anne Blanchard et Serge Bloch), 2005.*

L'ENCYCLOPÉDIE DES HÉROS, ICÔNES ET AUTRES DEMI-DIEUX *(avec Anne Blanchard et Francis Mizio), 2012.*

Déjà parus dans la même collection

Thomas Sanchez, *King Bongo*
Norman Green, *Dr Jack*
Patrick Pécherot, *Boulevard des Branques*
Ken Bruen, *Toxic Blues*
Larry Beinhart, *Le bibliothécaire*
Batya Gour, *Meurtre en direct*
Arkadi et Gueorgui Vaïner, *La corde et la pierre*
Jan Costin Wagner, *Lune de glace*
Thomas H. Cook, *La preuve de sang*
Jo Nesbø, *L'étoile du diable*
Newton Thornburg, *Mourir en Californie*
Victor Gischler, *Poésie à bout portant*
Matti Yrjänä Joensuu, *Harjunpää et le prêtre du mal*
Äsa Larsson, *Horreur boréale*
Ken Bruen, *R&B – Les Mac Cabées*
Christopher Moore, *Le secret du chant des baleines*
Jamie Harrison, *Sous la neige*
Rob Roberge, *Panne sèche*
James Sallis, *Bois mort*
Franz Bartelt, *Chaos de famille*
Ken Bruen, *Le martyre des Magdalènes*
Jonathan Trigell, *Jeux d'enfants*
George Harrar, *L'homme-toupie*
Domenic Stansberry, *Les vestiges de North Beach*
Kjell Ola Dahl, *L'homme dans la vitrine*
Shannon Burke, *Manhattan Grand-Angle*
Thomas H. Cook, *Les ombres du passé*

DOA, *Citoyens clandestins*
Adrian McKinty, *Le fleuve caché*
Charlie Williams, *Les allongés*
David Ellis, *La comédie des menteurs*
Antoine Chainas, *Aime-moi, Casanova*
Jo Nesbø, *Le sauveur*
Ken Bruen, *R&B – Blitz*
Colin Bateman, *Turbulences catholiques*
Joe R. Lansdale, *Tsunami mexicain*
Eoin McNamee, *00h23. Pont de l'Alma*
Norman Green, *L'ange de Montague Street*
Ken Bruen, *Le dramaturge*
James Sallis, *Cripple Creek*
Robert McGill, *Mystères*
Patrick Pécherot, *Soleil noir*
Alessandro Perissinotto, *À mon juge*
Peter Temple, *Séquelles*
Nick Stone, *Tonton Clarinette*
Antoine Chainas, *Versus*
Charlie Williams, *Des clopes et de la binouze*
Adrian McKinty, *Le fils de la mort*
Caryl Férey, *Zulu*
Marek Krajewski, *Les fantômes de Breslau*
Ken Bruen, *R&B – Vixen*
Jo Nesbø, *Le bonhomme de neige*
Thomas H. Cook, *Les feuilles mortes*
Chantal Pelletier, *Montmartre, Mont des Martyrs*
Ken Bruen, *La main droite du diable*
Hervé Prudon, *La langue chienne*
Kjell Ola Dahl, *Le quatrième homme*
Patrick Pécherot, *Tranchecaille*

Thierry Marignac, *Renegade Boxing Club*
Charlie Williams, *Le roi du macadam*
Ken Bruen, *Cauchemar américain*
DOA, *Le serpent aux mille coupures*
Jo Nesbø, *Chasseurs de têtes*
Antoine Chainas, *Anaisthêsia*
Alessandro Perissinotto, *Une petite histoire sordide*
Dashiell Hammett, *Moisson rouge*
Marek Krajewski, *La peste à Breslau*
Adrian McKinty, *Retour de flammes*
Ken Bruen, *Chemins de croix*
Bernard Mathieu, *Du fond des temps*
Thomas H. Cook, *Les liens du sang*
Ingrid Astier, *Quai des enfers*
Dominique Manotti, *Bien connu des services de police*
Stefán Máni, *Noir Océan*
Marin Ledun, *La guerre des vanités*
Larry Beinhart, *L'évangile du billet vert*
Antoine Chainas, *Une histoire d'amour radioactive*
James Sallis, *Salt River*
Elsa Marpeau, *Les yeux des morts*
Declan Hughes, *Coup de sang*
Kjetil Try, *Noël sanglant*
Ken Bruen, *En ce sanctuaire*
Alessandro Perissinotto, *La dernière nuit blanche*
Marcus Malte, *Les harmoniques*
Attica Locke, *Marée noire*
Jo Nesbø, *Le léopard*
Élmer Mendoza, *Balles d'argent*
Dominique Manotti – DOA, *L'honorable société*
Nick Stone, *Voodoo Land*

Thierry Di Rollo, *Préparer l'enfer*
Marek Krajewski, *Fin du monde à Breslau*
Ken Bruen, *R&B – Calibre*
Gene Kerrigan, *L'impasse*
Jérôme Leroy, *Le Bloc*
Karim Madani, *Le jour du fléau*
Kjell Ola Dahl, *Faux-semblants*
Elsa Marpeau, *Black Blocs*
Matthew Stokoe, *La belle vie*
Paul Harper, *L'intrus*
Stefán Máni, *Noir Karma*
Marek Krajewski, *La mort à Breslau*
Eoin Colfer, *Prise directe*
Caryl Férey, *Mapuche*
Alix Deniger, *I cursini*
Ævar Örn Jósepsson, *Les anges noirs*
Ken Bruen, *Munitions*
S.G. Browne, *Heureux veinard*
Marek Krajewski, *La forteresse de Breslau*
Ingrid Astier, *Angle mort*
Frank Bill, *Chiennes de vies*
Nick Stone, *Cuba Libre*
Elsa Marpeau, *L'expatriée*
Noah Hawley, *Le bon père*
Frédéric Jaccaud, *La nuit*
Jo Nesbø, *Fantôme*
Dominique Manotti, *L'évasion*
Bill Guttentag, *Boulevard*
Antoine Chainas, *Pur*
Michael Olson, *L'autre chair*
Stefán Máni, *Présages*

Pierric Guittaut, *La fille de la Pluie*
Frédéric Jaccaud, *Hécate*
Matthew Stokoe, *Empty Mile*
Frank Bill, *Donnybrook*
Kjell Ola Dahl, *Le noyé dans la glace*
Éric Maravélias, *La faux soyeuse*
Jo Nesbø, *Police*
Michael Kardos, *Une affaire de trois jours*
Attica Locke, *Dernière récolte*
Jérôme Leroy, *L'ange gardien*
Lars Pettersson, *La loi des Sames*
Sylvain Kermici, *Hors la nuit*
Lawrence Block, *Balade entre les tombes*
Joy Castro, *Après le déluge*
Thomas Bronnec, *Les initiés*
Elsa Marpeau, *Et ils oublieront la colère*
Elizabeth L. Silver, *L'exécution de Noa P. Singleton*
Marcus Sakey, *Les Brillants*
Dominique Manotti, *Or noir*
Jean-Bernard Pouy, *Tout doit disparaître*
DOA, *Pukhtu. Primo*
Jo Nesbø, *Du sang sur la glace*
Sébastien Raizer, *L'alignement des équinoxes*
Matthew Stokoe, *Sauvagerie*
Patrick Pécherot, *Une plaie ouverte*
Brigitte Gauthier, *Personne ne le saura*
Jo Nesbø, *Le Fils*
Neely Tucker, *La voie des morts*
Mons Kallentoft – Markus Lutteman, *Zack*
Patrick Delperdange, *Si tous les dieux nous abandonnent*
Benoît Minville, *Rural noir*

Marcus Sakey, *Un monde meilleur – Les Brillants II*
Sébastien Raizer, *Sagittarius – L'alignement des équinoxes II*
Frédéric Jaccaud, *Exil*
Jo Nesbø, *Soleil de nuit – Du sang sur la glace II*
Caryl Férey, *Condor*
Joy Castro, *Au plus près*
Pierric Guittaut, *D'ombres et de flammes*
Matthew Klein, *Sans retour*
Benoît Philippon, *Cabossé*
Lawrence Block, *Le voleur qui comptait les cuillères*
DOA, *Pukhtu Secundo*
Frank Wheeler Jr., *L'ordre des choses*
Clément Milian, *Planète vide*
Mons Kallentoft – Markus Lutteman, *Leon – Zack II*
Thomas Bronnec, *En pays conquis*
Ingrid Astier, *Haute Voltige*
Jørn Lier Horst, *Fermé pour l'hiver*
Marcus Sakey, *En lettres de feu – Les Brillants III*
Eoin Colfer, *Mauvaise prise*
Elsa Marpeau, *Les corps brisés*
Sarai Walker, *(In)visible*
Pekka Hiltunen, *Écran noir*
Michael Kardos, *Avant de la retrouver*
Sébastien Raizer, *Minuit à contre-jour*
Neely Tucker, *À l'ombre du pouvoir*
Jo Nesbø, *La soif*
Guy-Philippe Goldstein, *Sept jours avant la Nuit*
Lawrence Block, *Tue-moi*
Attica Locke, *Pleasantville*
Jean-Bernard Pouy, *Ma Zad*

Composition : APS-Chromostyle.
Achevé d'imprimer
sur Roto-Page
par l'Imprimerie Floch
à Mayenne, le 12 janvier 2018.
Dépôt légal : janvier 2018.
1er dépôt légal : décembre 2017.
Numéro d'imprimeur : 92174.

ISBN 978-2-07-275375-6 / Imprimé en France.

334079